引き離されたけれど、再会したエリート弁護士は幼なじみと天使に燃え滾る熱情を注ぎ込む

m a r m a l a d e b u n k o

結 城 ひ な た

JN031464

マーマレード文庫

目次

引き離されたけれど、再会したエリート弁護士は幼なじみと天使に燃え滾る熱情を注ぎ込む

プロローグ……6
遠い日の優しい思い出……9
運命の赤い糸はちぎれない……13
縮まる距離に想いはあふれて……56
君を守るための選択……137
愛くるしい天使に癒やされて……179
それぞれの思惑の果て……216
一途な愛の行方……234

新たなスタートライン……240
ひだまりのような世界に包まれて……248
エピローグ……260
番外編　兄と弟の絆……279
番外編　真夏の夜の誘惑大作戦……285
番外編　不器用な最愛サプライズ……304
あとがき……318

引き離されたけれど、再会したエリート弁護士は幼なじみと天使に燃え滾る熱情を注ぎ込む

プロローグ

「……すみませんが、あなた方はどちら様ですか？」

病室のベッドの上に横たわる陸《りく》が発した言葉に、その場にいる誰もが息を呑《の》んだ。

彼のご両親が困惑の表情を浮かべながら陸を見つめる。

「俺たちはおまえの家族だろ？　美玖《みく》は陸の恋人で……」

陸の双子の弟である蓮《れん》が、瞳を揺らしながら必死に言葉を絞り出す。

「家族？　恋人？」

陸が信じられないと言うばかりに目を見張り私たちを眺め回す。

数日前、陸は職場近くの歩道橋の階段から転落した。倒れているところを通行人が見つけ通報してくれて、救急車でこの病院に運ばれた。

彼が目を覚ましほっとしたのもつかの間。

転落事故の衝撃で頭を打ち〝記憶がない〟という残酷な現実を突きつけられている。

突如、目の前が漆黒の闇に覆《おお》われ始め、不安から身体《からだ》が震え出す。

困惑の表情を浮かべる陸を、ただただ黙って見つめることしかできないことがもどかしい。

蓮がさっき言ったように陸は私の恋人だ。

彼と私、成瀬《なるせ》美玖は同棲《どうせい》をしていて、毎朝玄関でいってきますのキスをして、毎夜同じベッドで寝起きして時には将来を語り合い甘い時間を過ごしていた。

だが、それらの記憶は陸の中で星屑《ほしくず》のように消えてしまっていて彼の中に私という人物は今、存在しないみたいだ。

「すみませんが……いくら考えてもやっぱり分からないんです」

とどめのごとく耳を襲った言葉が心臓を激しくどよめかせ、一粒の涙が目尻を零《こぼ》れ落ちていった。これが悪い夢だというならばどうか今すぐに覚めてほしい。

「大丈夫よ、陸。今は混乱しているだけよ。少し休んだらすべて思い出すかもしれないわ。ひとまず今はゆっくり身体を休めましょう」

頭を抱えうつむく陸を、彼のお母さんが必死に宥《なだ》め出す。

その場にいる誰もが彼女の言葉が現実になることを願った。

たとえ、この先、陸の記憶が戻らないとしても、私はずっと彼のそばで寄り添い支え続けたいと本気で思った。

だけど……。

のちに私は彼のそばにいてはいけない存在だと悟り、残酷な決断をすることになる。
それがそのとき、愛する人を守れるたったひとつの方法だったから。

遠い日の優しい思い出

成城《せいじょう》の閑静な住宅街にある、白とグレーを基調とした西洋風の佇《たたず》まいの一軒家。そこが私の生まれ育った場所で、優しい父と母に愛情深く育てられた私は幸福を感じていた。

庭先には母が丹誠込めて育てたバラが咲き誇り甘い香りが漂っていて、母が作ってくれたおやつを食べながら母にその日一日の出来事を話す。それが私にとって楽しみの時間だった。

私の住む家の隣には二歳年上の一卵性の双子の男の子、陸と蓮が住んでいた。それはそれは絵に描いたように美しい容姿をした兄弟だった。

兄の陸は頭脳明晰《ずのうめいせき》でいつも穏やかで物静かなタイプ。一方、弟の蓮は天真爛漫《てんしんらんまん》で人懐っこく、また口が達者だった。そんな蓮にたまに意地悪なことをされ、彼と私はよく口喧嘩《くちげんか》をしていた覚えがある。

そう、あの日も。

些細《ささい》なことで私たちは揉《も》めていた。

「蓮、私のハートのクッキー食べたでしょ！」

「食べたけど、それがどうしたの？」

蓮が口をもぐもぐと動かしながら、きょとんとした表情で私を見る。

「最後に食べようと思って楽しみに取っておいたのに……」

「好きなものなら最初に食べておけばよかったんじゃない？」

「私は蓮と違って、好きなものは最後に食べる派なの」

「美玖って俺とは本当に真逆だよね」

蓮が呆《あき》れたように溜《た》め息《いき》を吐く。

悪びれる素振りなど一ミリもない様子を見て、私は眉を顰《ひそ》めた。

「ちょっと、蓮……」

「美玖に謝れよ。勝手に取った蓮が悪い。美玖、俺のハートのクッキーをあげるからこれで機嫌直して」

私の言葉を遮ったのはそれまで静観していた陸で、蓮を一喝して私の頭を優しく撫《な》でてから自分の分のハートのクッキーを手渡してくれた。

陸が私と蓮の喧嘩《けんか》の仲裁に入るのは、あの当時よくあることだった。

顔はそっくりなのに性格はまるで違う双子の兄弟に囲まれて、なんだかんだ毎日を楽しく過ごすことができ、私はひとりっ子だったけれど寂しいと感じたことはなかった。ずっと、こんな日が続いていくのだと心のどこかで思っていたが、ふたりとの別れは突然やってくることになる。

私が高校一年の夏、父が経営する会社が不況の煽《あお》りを受けて倒産し、我が家は多額の借金を抱えることになり、住んでいた家を売り払い家族で父の実家がある茨城《いばらき》に移り住むことになったのだ。

引っ越す直前、陸とはあることがきっかけでぎくしゃくしていたから、別れの挨拶を交わすこともなく引っ越すことになった。

一方、蓮は引っ越し当日、餞別《せんべつ》に私が好きだったハートクッキーの詰まったクッキー缶をくれ、〝困ったことがあったらいつでも連絡して〟と言ってくれたけれど、私はそれから一度も彼に連絡をすることはなかった。

ぎくしゃくしていた陸からも東京《とうきょう》を離れてから数日後、スマホに気遣うメールがあったけれど、どう答えていいか分からなくてなかなか返信ができず。結局、「ありがとう。陸も元気でね」と、当たり障りのない返事をした。

引っ越し先で新生活が始まって自分の置かれている状況を理解していくうちに、もう東京の頃の生活には戻れないのだと、痛いくらいに突きつけられたのを今でも覚えている。

もう陸や蓮とは住む世界が違う。

生活は苦しく、両親は借金返済のために働きづめだった。私も少しでも家計を支えようと、高校に通いながら放課後や休みの日にはバイトをしていた。

惨めになっていく姿を彼らには知られたくなかったから新しい住所をふたりに教えることはしなかった。あの頃のままの私を、記憶の中に残してほしかったのだ。

それは私の小さなプライドだったのかもしれないと、今になって思う。

運命の赤い糸はちぎれない

銀座《ぎんざ》八丁目の並木《なみき》通り沿いにある高級クラブ。ここは創業四十年を迎える老舗《しにせ》クラブで、政財界の重鎮《じゅうちん》やテレビでよく見かける著名人など多くのＶＩＰ客が名を連ねる。私は今、とある事情でこのお店でホステスとして働いている。

ここは周りから見ればきらきらと輝く場所に見えるが、それと同時に嘘《うそ》と建前と大金と、そして男女の駆け引きが飛び交う甘く危険な蜜の園だ。

「ユナちゃん、次、五番テーブルお願いします。日向《ひゅうが》さんのところです」

「はい。分かりました」

バックヤードで化粧を直していると、私を担当している黒服の馬淵《まぶち》さんがやって来て指示をくれた。

〝ユナ〟とは私の源氏名《げんじな》だ。今年二十六歳を迎えるので、お店でもその年齢で通している。昨年末に予想もしていなかったトラブルに見舞われ職を失い、年明けからここで働き始めてちょうど二か月が経《た》つ。

バックヤードにある大きな鏡の前で全身をチェックしてからゆっくりと歩き出した。

ここからは成瀬美玖ではなく、ユナとしてまた違う人格を演じるのだ。

「ユナちゃん、待ってたよ。ここに座って」

「遅くなってごめんなさい。お隣失礼しますね」

営業スマイルを浮かべ、彼の隣の席へと腰を下ろした。

「ユナちゃんすっかり人気者だな。この店で一番に君に目をつけたのは僕だから、ユナちゃんが売れっ子になるのがうれしいよ。今日もシャンパンを入れようかな」

「うわぁ、うれしい。ありがとうございます」

私が喜ぶと日向さんは満足げに笑い、近くの黒服を呼んで高級シャンパンを入れてくれた。

彼は最近、私指名でよくお店に来てくれる四十代の長身の男性である。普段から身体を鍛えているらしく、とても引き締まったスラッとしたスタイルの持ち主だ。

独身貴族で不動産関係の会社を経営し、美容にもかなり気を遣っているようで彼の口からはよく美容整形外科の話が出る。

そういう業界に知り合いも多いようで、お店の女の子の中には日向さんの話を聞き、実際にその病院に施術を受けに行っている子もいるみたいだ。

日向さんとは同伴したりアフターでご飯に行ったりもするが、彼はいつも紳士的で私に触れてくることはないし嫌がることも強要しない。

日向さんみたいな人ばかりならば楽しく働けるのだろうが、そういうお客様ばかりではないのがこの水商売の世界だ。

働き始めた頃、お客様の言動に泣いたこともあった。それに本当はお酒も煙草《たばこ》の臭いも嫌いだ。それでも今はここを辞められない理由がある。

高校を卒業する頃には父の借金の返済の大体の目途《めど》がたち、私は親元を離れ調理師免許を取得するため、奨学金を借りて都内の調理師専門学校へと進学した。

卒業してからは都内のイタリアンレストランでシェフとして働き始めたが、昨年末、私の生活に暗雲が垂れ込め始める。

シェフとして長年働いていたお店が事前通達もなく突然潰れて解雇となったのだ。職を失うわ、そのうえ給料が未払いだわと、悲惨な現実に直面した。

田舎にいる両親は借金の返済を終え穏やかな生活を過ごせるようになったばかり。私のせいで余計な心配をかけたくなくて、自身の現状を伝えてはいない。

こんな状況になっても私自身の奨学金の返済は毎月やってくるし、もうじきアパートの契約更新日が迫っていてそれにも費用が嵩《かさ》む。日々の生活費だって最低限は必要なので、再就職先が決まるまではこのクラブでお世話になるつもりでいる。

前職のトラブルについては、他の解雇された従業員とともに集団訴訟を起こそうかという動きも出始めているが、社長側が払うお金がないの一点張りで、うまく話が進んでおらず、心労が絶えない日々を送っている。

「その後、給料未払いの件で進展はあった？」

「まだなにも」

その日、私のことを心配した親友の神楽涼音《かぐらすずね》がアパートを訪ねてきていた。問題が起きて早三か月が過ぎようとしているが、解決に向けて進展はしていない状況だ。

「そういえば、ここのアパートももうじき契約更新なんでしょう？　もっと駅近の物件に移り住みたいって言ってたけれど、結局、どうすることにしたの？」

「うーん。今は費用を抑えたいから契約を更新して、もう二年ここに住もうかなって思ってる。やらなければいけないことがありすぎて頭がパンクしそうだよ」

今住んでいるアパートは家賃が安いから選んだ。だが、実際に住んでみると駅から遠く帰り道が怖い。またスーパーなども近くにないので不便だと感じていた。だから次の更新をしないで新しいところを探したかったが、今の状況ではそれはできそうになく諦めることにしたのだ。

「そっか。まぁ、あまり根詰めすぎないようにね。いざとなればうちに一緒に住めばいいいし」

「涼音がいてくれて心強いよ。ありがとう」

私を見る涼音の瞳は優しい。

彼女と出会ったのは、専門学校に通っていた時期だ。バイト先の居酒屋で出会い、休憩時間にいろいろと会話を交わすうちに同い年でK－POP好きという共通点を知って急速に仲が深まった。悩み事や弱い部分を曝《さら》すことができる数少ない友達だ。

涼音も都内で働いているため、いまだに交流が続いている。

彼女はとても面倒見がよく気が利く。それでいて頭脳明晰でモデルのようにスタイルもいい。切れ長の涼しげな瞳と黒のロングのストレートの髪が印象的な美人だ。

昔、バイト中もお客さんにナンパされたりすることもしばしばだった。そんなモテ女の涼音だが、今は彼氏がいない。仕事をバリバリ頑張りたいらしく、彼女は最近転職をして都内の大手法律事務所で事務の仕事をしている。

「顔色悪いけど二日酔い大丈夫なの？」

「うーん……。吐いたら少し楽になったかも」

「こんなに頑張っているんだからご褒美があってもいいと思うんだけどな。突然、お店で素敵な出会いとかないかな？」

思いがけない発言が耳に届き、彼女の方を向いた。

「素敵な出会い？」

「うん。だって美玖のお店のお客さんってセレブが多いんでしょう？　しかも若くてイケメンな男性もいるってこの間、言っていたじゃない？　ひとりぐらいは美玖好みの王子様みたいな人がいないのかな～なんて思ってね」

「そんなのないよ。お客様と色恋沙汰をする気はないから」

大きく首を横に振ると、涼音は苦笑いを見せた。

「……まだ〝初恋の彼〟を引きずってるの？」

彼女の勘の鋭さに心臓がどよめき、動揺から瞳が揺れてしまう。

「……うーん、そうなのかもしれない」

「もう十年も前のことなんでしょう？　そろそろ前に進んだら？」

優しく諭され、彼女の意見はごもっともだと心の中で静かに納得する。

「そうだね」

風で揺れるカーテンをぼんやりと見つめながらそう答えたものの、頭に浮かんだ彼の笑顔に心がギュッと苦しくなった。

あれから一度だって顔を合わせてはいないのに、どうしてこんなにも鮮明に覚えているのだろう。

いっそ忘れることができたら楽になれるのに、もどかしすぎて人知れず溜め息が漏れた。

陸は今、どうしているのかな？

きっと素敵な人と結婚して、子供なんかもいて幸せな家庭を築いているんだろうな。

なんて考え出したら切なくなってきて、とっさに頭の中を切り替えようと首を横に振る。

「あのさ、美玖がよければだけど……給料未払いの件、うちの事務所の法律相談に来てみない？」

「法律相談？」

思いもしない提案に、再び意識が涼音に向いた。

そういえば、相談に行った司法書士事務所の人にも裁判になった場合のことを考えて、一度弁護士事務所に相談に行ってみてはどうかと促されたことを思い出した。

「初回の相談は無料だし、うちの事務所の弁護士先生たちって物腰がやわらかくて話しやすい人が多いから、いろいろ親身になって聞いてくれると思うの。私も今の事務所に転職して本当によかったって思うくらいみんないい人たちだから、美玖におすすめできるなって」

信頼できる親友がすすめてくれているのだから躊躇《ためら》う理由はないけれど、弁護士事務所といえばハードルが高いイメージがある。いざ相談に行くとなるとうまく話せるだろうか。そう考えるだけで緊張し動悸《どうき》を覚えた。

「一応、うちの事務所の番号を渡しておくから気が向いたら電話して」

涼音が鞄《かばん》から名刺を取り出し、私に手渡してきた。

私に迷っている余裕はないことは痛いくらいに分かっている。

このまま落ち着かない生活を送り続けるのも嫌だし、ましてや泣き寝入りもしたくない。

……それなら行動あるのみだよね。

次の日、覚悟を決め、涼音の勧める法律事務所に相談の予約を入れることにした。

それから一週間が過ぎ、法律相談に行く日を迎えた。

見上げれば、私の心の内を表すかのようなどんよりとした曇天が広がる。

昨日はあまり熟睡することができなくて、今もかなり緊張している。それでもこれは前向きな一歩になると信じて歩みを進めていく。

一応、就活に使ったブラックスーツにパンプスという正装をしてきたが、これでよかっただろうか。

なにもかも初めてすぎて勝手がよく分からず戸惑ってしまう。なにより涼音が勤める法律事務所があるところがすごすぎて少々委縮気味だ。

スマホの地図アプリを頼りにここまで来たが、六本木《ろっぽんぎ》の一等地にある高層ビルの上層階という、普段の私の生活からはあまりにもかけ離れた場所である。

受付の女性に相談室に案内され数分。そわそわしながら部屋を見回していると、涼音が紅茶を淹《い》れて持ってきてくれた。

「大丈夫かな？　なんか私、場違いな気がする」

「そんなことないよ。聞きたいことをちゃんとメモしてきた？」

「うん。それはしてきたけれど……」

彼女に迷惑をかけるといけないので、涼音の知り合いだということは告げずに相談の予約を入れた。それでも私を気にかけて、きっとお茶出しを理由に様子を見に来てくれたのだろうと思う。

涼音の顔を見て少しだけ落ち着きを取り戻せたが、本番はこれからだ。

「担当の先生、もうじき来ると思うからここで寛《くつろ》いでいて」

「ねぇ、先生ってどんな感じの人？　話しやすい？」

気持ちの準備をしておきたくて、そわそわとしながら彼女に尋ねた。

「すごく物腰がやわらかくて話しやすい先生だよ。しかも三橋《みはし》先生はかなりのイケメン。本当は別の先生が担当だったんだけど予定が入って。急遽《きゅうきょ》、そのイケメン先生に交代になったわけ。もしかしたらこれは出会いのチャンスかもよ」

涼音の声が遠くに聞こえるのは、激しく動揺してしまっているせいだ。

……みはし？

まさか。

脳裏に浮かんだその顔を打ち消すように首を横に振る。

「美玖ってば、そんなに驚いたような顔してどうかした？」

「いや、その……ちなみに、三橋先生の下の名前ってなんて言うの？」

「え？　下の名前？　たしか……陸だったはずだけど」

「……ひっ」

思わず悲鳴を上げそうになったけれども、グッと堪え平静を装う。

みはし、りく……。

頭の中でループするその名前。

胸の疼《うず》きがどんどん大きくなるのを感じながら静かに息を吐き、窓から見える曇天に瞳を向けた。

「美玖、どうかした？」

「え？　な、なんでもないよ。大丈夫」

ハッと我に返り、必死に口角を上げて涼音を見る。

「それならいいんだけど。なにか困ったことがあったら遠慮せずに呼んでね。うまくいくことを願ってる」

彼女はそう言うと、やわらかく笑い相談室を出ていった。


涼音が出ていって部屋はシーンと静まり返ったが、対照的に私の心臓はドクドクと早鐘を打ち続けている。

頭に浮かぶひとつの顔。

同姓同名……なだけ、だよね？

最悪な事態を回避させるためには、相談をキャンセルしてこの場から一刻も早く去るのが賢明だろう。だけど、涼音にここまで繋《つな》いでもらったのにドタキャンなんて非常識すぎてできやしない。

私に残された道は覚悟を決めることだけなのかもしれない。

と、部屋にノック音が響き、意識がそちらに集中する。

「失礼します」

低く落ち着いた声が耳に届き、自然と椅子から立ち上がると、部屋に入ってきた長身の男性と宙で視線が絡まった。

「もしかして……美玖？」

懐かしい声が私の鼓膜を震わせた。一気に困惑の渦に引き込まれ、高速な瞬きを繰り返しながら彼を見つめる。

……やっぱり、本人だった。

身体が熱くなったのは極度の動揺からに違いない。彼の瞳にも私と同様、戸惑いが色濃く宿っているのが分かる。

「……陸、久しぶり。ここで会うとは思っていなくてびっくりしちゃった」

とにかく普通にしなければと、必死に口角を上げて笑ってみせた。

「……急遽、担当になったものだから資料を読んでなくて……俺も驚いたよ。元気にしてたか？」

「うん。まぁ……元気にやってるよ」

「そっか。ひとまず立ち話もなんだから座って」

ゆっくりと椅子に腰を下ろすと、陸が目の前の席に座りじっと私の顔を見てくる。そのまなざしに耐えられなくなり、テーブルの上の紅茶のカップに視線を落とした。

彼をこんなにも意識し避けてしまうのは、過去の〝あの出来事〟が起因しているのかもしれない。紅茶から立ち上る湯気を見ながらそんな風に思った。


しばらくして法律相談が始まったが、私の心音はいまだ落ち着くことを知らない。

「事前の報告もなく突然の解雇。そして給料の未払いがあると」

でも、陸の方はさっきの動揺がまるで錯覚だったかのように、真剣な表情を浮かべこちらの話を聞いてくれている。

「うん。向こうはお金がないから支払いができないと言っていて。倒産を機に奥様とも離婚されたらしく、社長は自宅に帰っていないようなの。電話やメールでしか連絡が取れなくて、話し合いが進まないまま膠着《こうちゃく》状態が続いていて……」

切れ長の奥ぶたえの瞳が私を真っ直《ます》ぐに捉え続ける。あの頃よりも身長が伸びて百八十センチを超えているだろうか。黒の短髪をワックスで軽く整え、仕立てのよさそうなネイビーのスーツに身を包んだ彼からは、清潔感と大人の色気が漂う。

「そうなのか。この手の場合、未払い金には時効があるから早期に通知を行うことが重要なんだ。請求する方法としては、内容証明を発送し相手に通達するのが一般的だよ」

陸に言われたことを持参したノートに書き留めながら、話に耳を傾ける。

「それで相手の出方を見るのもひとつの手段だ。法的手続きを行うことを匂わせると意外とすんなり未払い金を払ってくれるケースも多いからね」

「そうなんだ。駆け引きがあるんだね」

丁寧に手順を説明してくれる陸の様子には好感が持て、そのおかげかさっきまで抱いていた戸惑いは少しずつ影を潜めつつある。

「まぁね。あとは労働基準監督署への申告も念頭に置いておくべきだし、相手の出方次第では労働審判・訴訟で請求し回収する方法もある。どれを選択するかはケースバイケースな感じかな」

「いろいろ方法があることが分かって、なんかほっとしたよ。ありがとう」

「一応これでも弁護士だからな」

クッと口角を上げて控えめに笑う様を見ていると、ふとあの頃を思い出してしまう。

「これからの動きをひととおり書き出してみたから検討してみて。交渉でうまくいくのがベストだけれど、厳しい場合はまた相談に乗るよ。これ俺の連絡先だから困ったことがあれば連絡して」

「……なにかあったら相談させてもらうね」

遠慮気味に差し出された名刺を受け取る。

遠い昔に途切れた糸が再び繋がったことに戸惑いを隠せない。ひどいことを言って陸と距離を置いたのは私の方。

あのときは本当にごめんね。

口にできない思いをそっと心の中でつぶやきながら、その日私は法律事務所を後にした。

＊＊＊

陸は小さいときからずっと私の味方でいてくれた。優しくて頼もしいお兄ちゃんみたいな存在。いつの間にか彼に好意を抱く自分がいた。

陸たちとは同じ中高一貫の学校に通っていたので、学年は違えどよく学校でも顔を合わせていた。関係が壊れてしまうのが怖くて気持ちを伝えることはできなかったけれど、幼なじみとして彼のそばにいられればいいと思っていた。

そんな陸との関係が変わってしまったのは私が高校一年生のとき。私はある男の子から告白をされた。彼は、陸のクラスメートだった。

陸のことが好きだった私は告白を断ったが、プライドが高いその男の子にとって私の答えは屈辱的なものだったのだろう。

振られた仕返しのように〝言い寄られるとすぐに身体を許す尻軽女だ〟と、私について悪い噂《うわさ》を流し始めた。

それは私の耳にも届いたが、言わせたいやつには言わせておけばいい。そのうちにそんなくだらない噂は消える。そう自分自身に言い聞かせ日々を過ごしていた。

だけど、思わぬ事件が起こる。

陸が私の噂を知り、その噂を流した本人に詰め寄り殴りかかったのだ。

普段温厚で優しい陸がそんな行動に出たことが信じられなかった。そのことで陸は学校側から停学を言い渡された。彼が停学期間に入った次の日、陸のクラスメートの沢渡香菜《さわたりかな》先輩が『話がある』と言って私の前に現れて、人気があまりない体育館裏に連れて行かれた。

そして、彼女の口から陸が停学になっただけでなく、大学の指定校推薦枠の候補からも外されたことを告げられた。

唖然《あぜん》として立ち尽くす私の前で、沢渡先輩は睨《にら》みつけながら話を続けた。

〝陸はあなたのことになると周りが見えなくなる。成瀬さんは彼にとって疫病神でしかないから近づかないで〟と。

それを聞いてハッとした。

幼なじみという立場で私は陸に甘えすぎていたのかもしれない。結果的に彼の負担になり迷惑をかけてしまった現実に胸が締め付けられ、気づけば視界が滲《にじ》んでいた。

沢渡先輩の様子から、きっと彼女は陸のことが好きなのだろうと感じた。だから敵《てき》愾心《がいしん》剥《む》き出しで私に警告をしてきたのだ。

けれど、その恋愛感情を抜きにしても私が陸のそばにいることはきっとマイナスでしかないと悟り、なにも言い返すことができなかった。

彼女がその場を去ってもそこを動くことができなくて、頭上から雨が降ってきたことにもしばらく気づかない有り様だった。

そして周りが夜の帳《とばり》に包まれ始めた頃、ずぶ濡《ぬ》れになりながらやっとの思いで自宅に向かったが、そこまでどんな風にたどり着いたか覚えてはいない。

その日、鮮明に覚えているのは……。

『美玖！　こんな時間までどこに行ってたの？　ずぶ濡れじゃないか。なにがあったの？』

会いたくないと思う日に限ってどうして神様はそんなシチュエーションを用意したのだろうか。自宅の門の前で陸と鉢合わせをしてしまうなんてあまりに残酷だった。

『……なんでもない。大丈夫だから』

すぐにでも停学にさせてしまったことを謝りたかったけれど、自分にはそんな資格がないと思った。

謝罪したところで停学が解けるわけではないし、現実はなにも変わらないのだ。胸を渦巻く罪悪感から、彼の顔を直視できなくて思わずうつむいた。そして、そのまま家の中に入ろうと歩き出したそのとき。

『こんな美玖を見て、ほうっておけるわけないだろ』

腕を掴《つか》まれたと同時に切なげな声色が耳に届き、胸がギュッと苦しくなった。

私のせいで停学になって推薦の候補から外されたのに、どうして何事もなかったかのように優しくできるの？

私の心配なんかしている場合じゃないでしょう？

あんなに必死に勉強を頑張っていたのに、私に関わったせいで全部水の泡じゃんか。

お父さんのような立派な弁護士になるのが彼の夢なのに、私がそばにいたら陸の未来を壊してしまう気がしてすごく怖い。

『……こういうのすごく迷惑だから、これ以上私に関わらないでくれる？』

次の瞬間、心にもない言葉を吐いた自分自身に驚き、ハッとして陸の顔を見上げるとドクンと心臓が強く波打った。

そこにあったのは今にも泣きそうなくらいに顔を歪《ゆが》めた悲しげな姿で、いまだにその光景が頭から離れない。

私のひと言で陸と私の関係は変わり、それからほとんど話すこともなく父の借金の件で茨城に引っ越すことになり、彼との関係は完全に途絶えた。

だが、あれから十年。

まさかこんな形で再会を果たすなんて、神様はまたしても私に意地悪だ。

＊＊＊

相変わらず仕事に追われる日々だが、美玖があの日法律相談に来て以来、気づけば彼女からの連絡がないかスマホばかり気にしている俺がいる。

十年ぶりに再会した美玖は髪型がロングになったからか、あの頃よりも少しだけ大人びたように思えた。それでも華奢《きゃしゃ》な身体やくっきり二重の愛らしい瞳。色白な肌や、やわらかく色素の薄い茶色い髪の毛も。そして纏《まと》う穏やかな空気感も健在だった。あの日の彼女のことを思い出すだけで胸が高揚する。

美玖のことを思い浮かべながら執務室で仕事をしていると、スマホが震えたのが見え、慌ててディスプレイに目をやる。相手は彼女ではなかったが、その人からの連絡も待ちわびていた俺はひとつ呼吸を置いてからその電話に出た。

「もしもし？　三橋です」

『三橋先生、お世話になっております。尾見《おみ》探偵事務所の秋場《あきば》です。例の件でのご報告をしたいと思って電話をしたのですが、今、お時間大丈夫でしょうか？』

「はい。大丈夫です。それでどうでしたか？」

少し身構えながら彼の返答を待つ。

『やはり別れた奥さんの方に金が流れていたようです。三橋先生が睨んでいたとおり偽装離婚の可能性が高いと思われます』

俺が探偵事務所にお願いしたのは、美玖が突然解雇された店の経営をしていた社長の身辺調査だ。話を聞いて計画倒産と偽装離婚を疑ったのだ。案の定、金は離婚した妻に流れていたようだ。

「やはりそうでしたか。忙しい中早急に調査をしていただき、ありがとうございました」

『いえいえ。またどうぞよろしくお願いします。それではのちほど、報告書の方をメールで送らせていただきますね』

「はい。よろしくお願いいたします。それではまた」

電話を切り、窓の外に目をやりながら俺の中で渦巻く黒い感情を静めるために深呼吸をしてみる。

「救いようがないクソ社長だな」

その直後、つぶやいた言葉が宙に消えていった。

美玖にはアドバイスしかしていないが、俺は裏で独自に動いていた。

事実関係は裏が取れたし、このましっかり証拠固めをしてそこを攻めれば相手方は銀行やその他の機関との関係悪化を恐れて、すんなりと未払い金を支払ってくるのではないかと思う。

俺にとって大切な存在である彼女を苦しめるやつは決して許さない。

十年前、彼女は引っ越す直前、『こういうのすごく迷惑だから、これ以上私に関わらないでくれる?』と俺に言い放った。美玖に嫌われたくなくて自然と距離を取ってしまったが、その自分の行動をずっと後悔して生きてきた。

こんな形でまさか再会するとは夢にも思わなかったが、大変な思いをしているというならばそばで支えてあげたいし、今度こそ彼女の手を離したりはしない。そう強く心に誓いながら執務室を出て歩き出した。

＊＊＊

法律相談に行ってから二週間が過ぎた。相変わらず私の心は騒々しいが、心情とは裏腹に今日も静かに一日が終わろうとしている。

【次のニュースです。以前から重病説が囁《ささや》かれていた野木沢《のぎさわ》国土交通大臣ですが、しばらくの間、体調の回復に専念する声明が先ほど出されました。これによって高宮《たかみや》国土交通副大臣が当面の間、野木沢国土交通大臣の代わりを務めていくとの……】

この政治家って、たしか賄賂を受け取って公共事業の受注数に便宜を図ったとかで少し前に問題になってなかったっけ？

しばらくの間、休養するんだ……。

その日、仕事が休みだった私は早めにお風呂に入って作り置きしていたチャーハンを食べながら、ぼんやりとテレビから流れてくるニュースを見ていた。

頭の片隅には、親身になって相談に乗ってくれた陸の姿がちらちらと過る。

これからどうしていくべきか、彼が的確なアドバイスをくれたことで路頭に迷っていた私の人生に一筋の光が差し込んだのは紛れもない事実だ。

あの日は突然の再会にすごく驚いたが、立派な弁護士になっていたことが分かって今はほっとしているし、うれしいとも思う。

だからといってこれ以上、陸を頼るつもりはない。実はあれから少しだけ問題が前に進みつつある。ずっと膠着状態だったが、向こう側が話し合いの場を設けてくれそうな雰囲気になったのだ。いずれにせよ、自分で動けるようにきちんと準備をしていこうと改めて心に決め、食べ終えたチャーハンの皿を片づけようと立ち上がった矢先のこと。

テーブルの上に置いてあったスマホが光ったことに気づき、手に取った。そこには見慣れない番号が表示されていて、通話ボタンを押すのを躊躇う。

だが、なかなか着信が途切れないので知り合いからかも……と思い、少し身構えながら通話ボタンをタップした。

「もしもし？」

『あ、こちら成瀬美玖さんの番号ですか？』

若い男性の声が電話越しに聞こえ、ドクンと心臓が激しく打ち鳴った。

頭に浮かんだひとつの顔。

まさか……。

「もしかして……陸なの？」

『そう、俺だよ。電話に出てくれてよかった』

電話越しの声はどこか弾んでいるように聞こえる。

「ど、どうして私の番号を知ってるの？」

『それはこの前相談に来てくれたときに、ひととおり個人情報を書いてくれただろ？その連絡先を見て電話したんだ』

「……そう、だったんだ」

戸惑いを隠せなくて声が震えてしまう。いったいなんの用事があって電話をしてきたのだろうと、頭をフル回転させながら陸の返答を待つ。

『実は、相談の件で渡し忘れた資料があるから美玖に渡したくて。近いうちに会えないか？』

「え？」

予期せぬ用件に、目を泳がせながら押し黙った。

『もし時間が取れないなら家の近くまで届けに行くよ』

「い、いやいや、それは申し訳ないよ。陸、仕事で忙しいだろうし。あの……もしよければ、着払いで送ってもらえたりする？」

また彼に迷惑をかけるのは絶対に嫌だと心が叫び、申し出をどうにか回避しようと必死だ。

『できれば会って話したくて。その後、相談の件がどうなったか気になっていたんだ』

心配そうな声が耳に届いた。あれからずっと私のことを気にかけてくれていた事実を知って胸が熱くなり、我知らず天を仰いだ。

『そんなに時間は取らせないから。幼なじみとして美玖が困っているのを、ほうってはおけない。微力だけれど弁護士として力にならせてほしい』

優しさが胸の奥の渇きを潤わせていく。ここまで言ってくれているのだから、あと一度だけ会っても……いいのかな。

気持ちがグラグラと揺れてしまったのは、心のどこかでまた彼に会いたいと思ってしまっているからなのかもしれない。

「……気にかけてくれてありがとう。えっと……じゃあ、資料をいただくときにもう少しだけ話を聞いてもらえたら……ありがたいです」

ずっと昔に忘れてしまっていたはずの高揚感。

それを再び思い出させてくれたのは、皮肉にもずっと心の奥でくすぶり続けていた初恋の人だった。


時刻は十八時半過ぎ。

もうじきこの場所に陸がやって来る。

「……普通にできるかな」

目の前のコーヒーカップに視線を移し、ゆらゆらと立ち上る湯気をぼんやりと見つめながらつぶやく。

陸の職場近くのビルの二階にある、おしゃれな雰囲気の隠れ家的なカフェ。その店の個室で仕事終わりの彼と会う約束をした。陸があえて個室を取ってくれたのは、周りに気兼ねなく相談内容を口にできるように配慮してくれたからだろう。

店内は優しい色合いを主としたナチュラルテイストで、観葉植物がよく映えるほっとするような空間。その雰囲気に合わせてか、店内には温かい印象のファブリック系の家具やウッド調のテーブルが並んでいる。女性が好みそうなお店だ。

陸はこういうお店で女性とデートしてるのかな、ふとそんなことが頭を過る。

会わずにいたこの十年。私自身にいろいろ変化があったように、彼も変わったものの方が多いだろうと物思いにふけっていると、ドアをノックする音が響いて陸が顔を出した。

笑みを口元に浮かべながらこちらに向かってくる彼は、タイトなブラックスーツに身を包んでいてスタイルのよさが際立っている。またシャープな顎ラインに鼻筋がスッと通った整った容姿は今日も変わらず、美しいという形容詞がよく似合う。

「待たせてすまない」

「ううん。私も少し前に着いたところだから。お仕事お疲れ様」

「これ、先に渡しておくよ」

注文したアイスコーヒーが来ると、陸は横の椅子に置いた鞄に手をかけ白い封筒をこちらに差し出してきた。

「ありがとう。忙しい中いろいろお手間を取らせてごめんね」

「いいや。電話でも言ったけど、俺で力になれることがあるなら協力したいんだ。ところで、あれから向こうからなにかアクションはあった？」

あまりに真っ直ぐにこちらを見つめてくるから、気恥ずかしくて目が泳いでしまう。

「えっと、それがね。数日前に向こうから連絡がきてね。なんでか分からないけれど態度が軟化して、いい方向に話が進みそうな感じではあるよ」

「そっか。それならよかった」

彼は安心したように口元を緩め、アイスコーヒーのグラスに手を伸ばした。

「あの日いろいろ陸に相談に乗ってもらったから気持ちの余裕を持つことができたし、今後どうやって自分が動けばいいか分かったからすごく感謝してる」

「いやいや。俺は月並みな助言をしただけだよ」

こんな風に控えめで決して自分に驕《おご》らないところは昔と変わっていないようで、心が温かくなるのを感じた。

「実は、俺から美玖に提案があるんだけど」

「提案ってなにかな？」

じっと見つめ返答を待っていると、彼はグラスをコースターに戻し真剣なまなざしをこちらに向けてきた。

「事態が落ち着くまで俺の家で一緒に住まないか？」

「え？」

予想外の提案に動揺し、激しく睫《まつげ》毛を瞬かせた。

「陸もそういう冗談を言うようになったのね」

気まずくなるのが嫌でそんな風に返してみたが、陸は相変わらず真剣な面持ちでじっと私の方を見てくる。

「本気で言ってるんだけどな」

「ほ、本気なの？」

彼は昔から冗談を言う人ではなかったけれど、今回ばかりは冗談だと思った。というか空気が重くなるのが嫌だからそう思いたかった。

「ああ。実は神楽さんからいろいろ美玖のことを聞いてね」

「え？　涼音から？」

まさかの人物の名が飛び出し、目を丸くしながら彼を見つめる。

「美玖、彼女と仲がいいんだってね。この前の相談のあとにたまたま神楽さんと話すことがあってね、そのときに美玖の話を向こうがしてきて。新しい仕事がまだ見つかっていないと聞いたんだ。それにアパートの契約更新日が迫っているとも言っていた」

それを知ったから、陸はこんなにも親身になってくれたのだと静かに納得する。その延長で一緒に住まないかと提案してくれたのだろうけれども、それはさすがにできそうにない。そもそも、会うのは今日限りと思ってここに来たのだから。

「涼音とは学生時代にバイト先が一緒で今も仲がいいの。新しい仕事は……まだ決ってはいないけれど、陸の家にお世話になるっていうのはできないよ」

「どうして？」

「……さすがにそこまでは甘えられない」

首を横に振りながら申し出を拒否すると、陸は切なげな瞳をこちらに向けてきた。

「……なんでそんなに俺に対して他人行儀なの？」

「え？　そんなつもりはないけど」

本当はその通りだけれど、それを認めたら彼を傷つけてしまいそうですぐに否定した。

「とにかく困ったときはお互い様だろ。美玖も昔、よく俺を助けてくれたよ」

陸は引く気がないみたいだ。

このまま優しさに頼ってしまえば、きっと安心感を得ることができるだろうけれど、それではまた彼の負担になることが目に見える。

「ごめん。気持ちはうれしいけど、その提案にはやっぱり乗れないよ。……わ、私そろそろ行くね。いろいろありがとう」

自分のお代をそっとテーブルの上に置いてから立ち上がり、私は逃げるようにその場を後にした。


「涼音ってば、勝手に陸に私の話をしないでよ」

「あー、三橋先生から聞いちゃった？」

涼音は悪びれることもなく楽しげに笑う。そして、レモンティーが入ったグラスを私に差し出してから隣に腰を下ろした。

陸と別れてからすぐに涼音に電話をかけ、彼女のマンションへとやってきた。どこまで私のことを彼に話したのか気になってしょうがなかったのだ。

「陸になんて言ったの？」

「ん？　基本は三橋先生が聞いてきたことを答えたよ。あとは美玖の仕事が決まってないことと、アパートの契約更新の件とか」

「そっか」

クラブで働いていることは言わないでいてくれたみたいだと知って、ほっと胸を撫でおろす。水商売をしていると聞いてそれに抵抗を持つ人も少なからずいるから、陸には知られたくなかったのだ。

「それにしても、三橋先生があんなに感情を露《あら》わにするところ初めて見たな」

「え？　感情を露わにって……まさか陸、暴れたの？」

私の動揺っぷりを見て涼音がクスクスと笑い、首を横に振る。

「いやいや違うよ。美玖の話をしたら急にあれこれと聞いてきてすごく心配そうだったの。三橋先生って普段クールであまり感情を表に出さないのよ。だからすごく意外で。てか、美玖、三橋先生のことを〝りく〟って呼んでるんだ？　すごく仲よさげだね」

「それは……お、幼なじみだから。つい昔の呼び方が抜けなかっただけ」

言い訳を並べてみるが、きっと彼女は信じてはいないだろう。ニヤリと笑う姿がすべてを物語っている。

「それで三橋先生になんて言われたの？　まさか告白でもされちゃったとか？」

涼音がテーブルの上のコンビニスイーツを摘まみながら、またとんでもない妄想を投げかけてきたので、たじたじになりながら首を横に振る。

「告白だなんてそんなことあるわけないじゃない」

「そう？　でもどう見てもあの気にかけ方は、美玖に好意がある感じに見えたけどなぁ」

涼音の一挙手一投足が私の心を掻《か》き乱してくるから、平静を装うのも簡単じゃなくて、終始ドギマギしっぱなしだ。

「そんなわけないよ。陸……三橋先生にとって、私は妹みたいな存在だろうし」

「まぁ、これから会っていくうちに三橋先生の本心が見えてくると思うけど。あ、美玖の初恋の相手って彼でしょう？」

核心を突かれて心音が一気に跳ね上がった。

でも動揺を悟られなくて必死に平静を装うが、耳まで熱くなってしまっている以上、きっとうまく取り繕えてはいない気がする。

「やっぱり、そうなんだ」

「な、なんで分かったの？」

そしてそこには潔く諦めた私がいた。

「ふたりから聞いた話を整合してみてすぐにピンッときたわけ」

「……そっか」

涼音は勘が鋭すぎだ。文句を言いにきたのに逆にいろいろ暴かれる形になっている現実に思わず天を仰ぐ。

「初恋の彼と運命の再会ができてよかったじゃない。これからが楽しみだね」

顔を熱くしながら戸惑う私の前で、涼音の楽しげな笑顔が弾《はじ》けた。


カフェで陸と会ってから何度かスマホに着信があったが、私はそれを無視し続けている。事務所で再会したあの日、忘れたはずの想《おも》いが一気にあふれ出すのを感じた。それを必死に抑え込んだつもりでいたけれど、彼への未練はいまだに断ち切れていなかったという現実を突きつけられている。

早く忘れなくては。それがお互いのためなのだからと頭では分かっているのだが、心がもやもやして気づけば溜め息ばかりついている今日この頃だ。

「ユナちゃん、ご新規のお客様から場内指名が入ったよ」

仕事場に出勤してバックヤードで待機していたところ、黒服の馬淵さんがやって来てハッと我に返った。とにかく今は仕事に集中しなければと、深呼吸をして気持ちを切り替える。

「お客様、ＶＩＰルームにいるから至急準備して」

「え？　ＶＩＰルームですか？」

馬淵さんの言葉に思わず声が上擦る。

ＶＩＰルームだなんていったいどんなお客様なのだろう。

「あのどんな方ですか？」

「さっきまで席についていた女の子に聞いた話だと、自分でＩＴ系の会社を経営しているみたいだよ。見た目かなり若そうでイケメンらしい。女の子たちがその男性の話でさっきそこで盛り上がってた」

「そうなんですか。……どうして私のことを指名してくださったんですか？」

普通にいけば、ＶＩＰルームクラスのお客様ならお店のナンバーワンである亜理紗《ありさ》さん辺りを指名するだろうに、新人の私を指名するなんて不思議でならない。

「別の席についていたユナちゃんを見て気に入ったみたいだよ。常連さんになってくれるといいね。頑張ってきて」

馬淵さんに背中を押され、ＶＩＰルームへと向かう。

ここに入るのはいつも先輩のヘルプのときだけだった。まさか指名されてここに入ることになるなんて思いもしなかった。

粗相がないようにしなくては。そんな思いから緊張感に襲われ始めた。

それでも、それをお客様の前で出すことはタブー。せっかくこの場所に来てくれたのだから、現実世界を忘れて楽しんでいただきたいと心から思う。

覚悟を決めてＶＩＰルームの扉をノックすると、中から若めの男性の声が聞こえ、扉を開けて中に入った。

「失礼します。本日はご指名いただきましてありがとうございます。ユナと申し……」

視線が交われば、革張りの白いソファーに座る男性がふわりと微笑《ほほえ》んだのが見え、思わず言葉を失った。

「どうしてここに……陸がいるの？」

あまりの驚きに声が震える。

落雷に打たれたような衝撃とは、きっとこういうことを言うのだろう。

「美玖に会いたかったから。……いや、ここではユナちゃんって呼んだ方がいいのかな」

状況が呑み込めず、立ち尽くす私の耳に聞き慣れた優しい声が届いた。

「美玖、怒ってるの？」

「……」

そう聞かれても、なんと答えていいのか分からない。いろんな感情が駆け巡り、自分でもうまくこの想いを表す言葉が思いつかないでいる。

「いきなり会いに来てごめん。でも、美玖にどうしても会いたかったんだ」

健全なお店だけれども、ここで働いていることを知られたくなかった。

他の女の子がヘルプにつくことをお客様である陸が断ったから、この空間にふたりきり。私が黙り込んでしまったから重苦しい空気が辺りを包みこむ。

「……どうしてここで働いていることが分かったの？」

このままではいけないと悟り、重い口を開き彼に視線を送った。

「あのあと美玖のことを神楽さんにあれこれと聞いてみたけど、彼女からはうまくはぐらかされて。だから自分で調べてここにたどり着いた」

陸は弁護士だから身辺調査なんてお手のものなのかもしれない、と心の中で静かに納得する。

「そっか。こんな高いお酒なんか頼まなくていいのに……」

机の上に置かれた高級シャンパンのボトルをぼんやりと見つめた。

「少しでも美玖の売り上げになるならこのくらい大したことじゃないよ。どんな形であれ力になりたいから。今日は俺の気持ちを伝えにここに来たんだ」

陸が私の手に自身の手を重ねてきたことに驚き、慌てて彼の方を見た。

「ホステスの仕事に偏見はないけど、この仕事は辞めてほしい。美玖はかわいいからここにいると下心がある悪い虫がつきそうで不安なんだ」

どうして陸はこんな思わせぶりなことを言うのだろう。勘違いしそうになってしまうじゃない。頬《ほお》が熱くなってしまったのは、きっと胸の奥底に閉じ込めてあった想いが暴れ出したせいだ。

「私、全然かわいくなんかないよ。それに今はここを辞めるわけには……」

「美玖はすごくかわいい。ここを辞めても状況が落ち着くまで俺の家に一緒に住めば余計な費用もかからないし、気持ち的な余裕もできると思う。まずは未払いの件を一緒に解決しよう。一歩一歩、前に進んでいけば道は開けるよ」

陸の温かさに胸が疼く。重ねられた手から伝わる懐かしい熱に、少しでも気を緩めれば私の心は侵食されていきそうだ。

でも、犯してしまった過ちは簡単には消えない。

「私が陸のそばにいると足枷《あしかせ》でしかないから」

「足枷？　俺はそんな風に思ったことなんて一度もない」

陸が驚いたように目を見開き、首を横に振る。

「……気づいてないだけだよ」

陸の顔を見ていられなくなり、とっさに視線を逸《そ》らしうつむいた。

部屋は静寂に包まれ、規則的に呼吸をするのさえ憚《はばか》られるような重々しい空気が辺りを支配していく。

「自分の気持ちは俺自身が一番分かってる。俺にとって美玖は昔も今も、大切な存在でしかないよ」

と、鼓膜を打った彼の鮮明な声。思わず頭を上げると真っ直ぐな瞳が降ってきてトクンと心臓が打ち鳴らされた。

「今ここできちんと美玖の気持ちを理解して誤解を解きたい。だから美玖の思いを教えてくれる？」

どこまでも私に寄り添ってくれようとする彼の優しさに心を動かされ、気づけば静かに頷《うなず》いていた。

「……高校のとき、私のせいで陸がクラスメートの男の子と揉めて停学になっちゃったし、そのせいで大学の推薦が流れたりしたでしょ。それに私、昔、引っ越す前に迷惑だから関わらないでって言って傷つけた。だからこんな私が陸の隣にいる資格はないと思ってる」

思いを吐露すると急に涙があふれてきて、ギュッと下唇を噛《か》んだ。

きらきらと輝くあなたの生活をまた壊してしまうかもしれない。それがなにより怖いのだと、言葉にならない思いを込めて彼を見つめ続ける。

「俺の身勝手な行動で美玖を悩ませてしまっていたんだね。本当にごめん。でも、今の俺なら美玖を不安にさせない。あれから十年、俺だっていろいろ経験して成長したんだ。今なら美玖とちゃんと向き合えるし守れる自信がある。だからそばにいさせてほしい」

力強いまなざしが心を射貫《いぬ》き、穏やかな声色が全身に流れていく気がした。

「もうひとりですべてを抱え込んで頑張らなくていいんだよ。美玖は十分、頑張ってきたから。だから、今この瞬間からは俺の胸に飛び込んで甘えていいんだ」

ダメ押しのように優しい言葉が降ってきて陸が私の背中に手を回す。

懐かしい温《ぬく》もりに触れてしまえば、もう込み上げてくる想いに逆らえそうにない、と本能的に悟った。

「……頼ったら迷惑、じゃない？」

「頼ってくれたらうれしい。美玖なら大歓迎だよ」

やわらかな笑みを向けられると安堵《あんど》の感情を覚え、自然と彼の背中に手が伸びていた。

＊＊＊

美玖と十年ぶりに再会したその日の夜、俺は久しぶりに夢を見た。

あれは、確か。

幼い日の苦い記憶、そして美玖との大切な思い出。

幼少時代の俺は、傍《はた》から見れば何不自由のない生活を送っているように映っていたかもしれない。実際、俺は弱い自分を曝け出すことが嫌いで、苦しくてもいつも笑ってごまかしていた気がする。

俺は双子の兄として生まれた。容姿はふたり揃《そろ》って父親の面影を宿していたが、性格はまるで違った。蓮は母のように天真爛漫で素直で感情をストレートに表に出す。俺は父のようにクールで現実主義なところがあった。

それでも俺のことを『お兄ちゃん』と呼んで慕ってくれる弟の蓮のことが好きだっ

た。そんな俺の中の感情に変化が訪れたのは、小学二年生のときだ。

この頃、うちの両親は仕事が忙しくすれ違いの生活が続いていた。どちらにも心の余裕がなかったのだろう。些細なことが原因でよく口喧嘩をしていた。

ある日、耐えきれなくなった母が、俺を置いて蓮だけを連れて家を出ていったことがあった。父に似ていたから俺は置いていかれたのだろうか。いまだにその答えを知ることができずにいる。

母がかわいいのは俺よりも弟の蓮。そう突きつけられたように思えて、俺の心はこのことをきっかけに少しずつ壊れていった。

母はそれからすぐに戻ってきたが、俺の中のわだかまりはずっと残ったままだったのだ。それからはとにかくいい子でいなければいけないという、いわば強迫観念に襲われ続けた。

常に勉強も運動も蓮より褒められたい。そうでなければ、またいつか自分だけが母親から捨てられてしまうのではないかと思い、優等生を演じ続けた。

そんな偽りの俺に、唯一気づいてくれたのが美玖だ。

『苦しいときは声に出して泣いていいんだよ。ひとまずこれを食べて元気を出して』

それは俺が十一歳のときの出来事だった。優しい水色が揺れる場所で彼女はそう言ってオムライスの入った弁当箱を俺に差し出してきた。美玖の手を見れば、昨日までそこになかった絆創膏《ばんそうこう》があちこちの指に巻かれていることに気がついた。おそらくオムライスを作る過程で怪我したのだろう。

俺のために一生懸命作ってくれたのだと思うと胸が熱くなり、涙を流しながら口いっぱいにオムライスを頬張ったことを覚えている。

彼女の思いやりは心の奥底にある渇きを一瞬で潤わせてくれ、その何物にも代えがたい温もりは、俺がずっと母親に抱いていた負の感情や蓮への嫉妬心をも静めてくれたのだ。

『私が陸の味方でいてあげる』

声色は優しくて、向けられるまなざしは穏やかで天使のようだと思った。

彼女さえいてくれれば、他になにもいらない。

そんな尊い感情を知ったその日、俺の中で美玖は特別な存在になったのだ。

縮まる距離に想いはあふれて

ダークブラウンを基調とした落ち着いた室内にはアイアン素材の無機質でおしゃれな家具が配置されており、全面ガラス張りのリビングの窓からは天気がいいと都内が一望できる。ここに住まわせてもらうようになって一か月が過ぎようとしている。

あれから給与未払いの件はいい方向に話が進み、つい先日、無事に決着がつき一段落したところだ。こんなにも早く解決したのは陸のおかげに他ならない。陸は最終的に交渉役を買ってくれ、さすが弁護士という戦略で改めてすごさを実感した。

今は再就職先を探しつつ、ネットでアパート物件を見始めたところだ。

時刻はもうじき十九時になろうとしている。

「そろそろかな」

最近は陸の帰宅時間に合わせてご飯を作り彼を迎える、それがいつの間にかルーチンになりつつある。

ここにお世話になるにあたり生活費を出そうと思っていたのだが、彼は頑《かたく》なにそれを受け取ってはくれなかった。それでは私の気が済まないので、せめて家のことだけはさせてほしいと懇願し家事をやらせてもらっている。

「ただいま。玄関までいい匂いがするから食欲を煽られたよ。今日はロールキャベツか。すごく美味《おい》しそうだ」

メインのロールキャベツを弱火でコトコトと温め直していると、帰宅した陸が胸元のネクタイを緩めながら、カウンター越しに鍋の中を覗《のぞ》き込んできた。

「おかえり。もう少しで完成するからそれまでリビングで寛いで待ってて。あ、それとも今のうちにお風呂に入る？」

私の問いに陸がクスクスと笑い始めたので、これはどうしたものかと首を傾《かし》げた。

「どうして笑ってるの？　私、なんか変なこと言った？」

「さっきの〝おかえり〟〝ただいま〟のやり取りも、〝お風呂に入る？〟って聞くところもなんか新婚さんみたいだなって思ってね」

何気なく発言したつもりだったが、確かに新婚夫婦あるあるかも、と心の中で納得すると、なんだか気恥ずかしく思えてきて頬が上気していく。

「美玖、顔が真っ赤だけど想像したの？」

「べ、別にしてないよ」

私の心の内などお見通しだと言わんばかりに、陸から意地悪な笑みが向けられる。

じわじわと耐えられなくなってきて、思わず視線を逸らしサラダ用の野菜を切り始めた。

「美玖って素直だね」

楽しげな声と野菜を刻む包丁の音が耳に響く。それと呼応するように私の心音はトクトクと高鳴ったままだ。

「陸は人をからかいすぎ」

「俺は思ったことを言っただけ」

ふいに彼の方を見るとやんわりと笑う姿があって、そのまま頭を優しく撫でられた。

陸は究極の人たらしかもしれない。

ここに住ませてもらっているけれど、私たちの関係はあくまでも幼なじみの友達で恋人ではない。彼は私の境遇に同情して妹みたいな存在の私をほうっておけなくて、こんなにも甘くて過保護なのだと思う。

ここにいられるのは次の仕事が決まるまでで、それは直にやってくる。

だからこれ以上、沼にハマってはダメなのだと分かっている。

だけど、願わくは——。

次の仕事が決まるまでの、ほんの少しの間だけ。

〝陸をひとり占めしてもいいですか？〟

声にできないその思いを心の中でそっとつぶやき静かに息を吐いた。

テレビをつければ、間近に迫った大型連休関連のおすすめレジャースポットの特集が流れてきた。

飲食業界で働いていた私にとって大型連休は繁忙期なのでいつも仕事が入っていたし、その期間に旅行に行くとか遠出するという発想を抱いたことがなかった。

そういえば陸は休みなのだろうか、ふとそんなことが頭を過る。

休みだったとしたらどこかに旅行とか行くのかな？

もしそうなら私はどうしよう。

ここにいるわけにもいかないよね。

「ただいま」

「お、おかえり」

あれこれと考え出したら彼が帰宅したことにも気がつかなかった始末だ。ハッと我に返って陸の方に視線を送る。

「今日は早かったんだね。もう少しだけ待ってくれる？　今からひじきの煮物を作るから」

「それなら手伝うよ。俺の華麗な包丁さばきを見てみたくない？」

「ん？」

陸の発言に思わず手を止めた。

彼は料理が苦手なはず。この前も包丁を握らせたとき、すごく危なっかしくてひやひやしたばかりだ。

あれからこっそり練習でもしたのかな。もしかしてその上達ぶりを披露したいということなのかもしれないと推測してみる。

「美玖、どうかした？」

陸が腕まくりをしながら私の顔を覗き込む。

「な、なんでもない」

綺麗《きれい》な顔にじっと見つめられるのは、やはりいまだに慣れなくて過剰反応してしまう。そんな私を見て彼がクスクスと笑っている。

「美玖、頬に睫毛がついてるよ」

「え？」

「取ってあげるから、目を閉じてじっとしてて」

「……分かった」

言われるがままに目を閉じた次の瞬間。

「り、陸、ちょっと！」

彼の思わぬ行動に閉じた目を見開いてとっさに叫んでしまった。

身体に感じる温もりは紛れもなく陸のものだ。瞳を閉じている間にグイッと腕を引かれ、いつの間にか彼の腕の中にいる状況。慌てて離れようとするが、男の人の力に敵《かな》うはずがなくてびくともしない。

「美玖のかわいい顔を見ていたらこうしたくなったの。このままふたりでベッドに行こうか？」

「な、なにを言ってるの？　私たちそういう関係じゃないでしょう？」

「あれ？　そうなの？」

予期せぬ展開に慌てて顔を見上げれば、ニヤリと笑う彼と瞳が交わった。

その瞬間、今まで覚えた違和感の正体が分かった気がした。

この人は……。

「……あなた蓮なの？」

私の中でそんな答えにたどり着いていた。

「なに寝ぼけたことを言ってるの？　俺、陸だよ？」

目の前の彼はすぐにそれを否定して、またふんわりと微笑む。

でも、きっとその発言は嘘だ。

だって……。

「笑うと左頬にえくぼができるのは陸じゃなくて蓮だったもの。それに陸は料理が苦手だしこんな風に私をからかうことはしない」

ジーッと彼の目を見つめると、しばしの沈黙が流れた。

「……ばれたか」

「やっぱり！」

彼は堪忍したように両手を上げて降参のポーズをし、私の身体を解放した。

見た目だけで言ったら陸と蓮は瓜《うり》ふたつ。だけど、長年ふたりと一緒にいた私はそれぞれの癖や特徴があったことを知っている。

「さすが美玖だね」

綺麗な指先が私の頬に伸びてきた気配がして、とっさに後ずさりすると蓮が再びクスクスと笑い出した。

「大好きな陸のことなら、美玖は昔からなんでもお見通しだったものね」

次の瞬間、そんな思わぬ言葉を耳打ちされ、カッと身体が熱くなりあたふたとしながら蓮を見上げた。

「蓮、人の家でいったいなにをしてるんだ？」

言い返そうとするとリビングのドアが開けられ、苛立《いらだ》ちを含む声が耳に届いた。

「り、陸……」

蓮の行動に気を取られ、陸が帰ってきたことにも気づかなかったらしい。彼は明らかに不機嫌そうに眉を顰めこちらに近づいてくる。

「……あらら。ずいぶんとご機嫌斜めだこと」

蓮は動揺する様子もなく、どこか楽しげな瞳を陸に向ける。まるで兄がこんな風に現れるのを予期していたかのようだ。

「蓮が珍しく俺の帰宅時間を気にするメールを送ってきたから胸騒ぎがしたんだ。美玖がここにいることを立木《たちき》さんから聞いたのか？」

立木さん……。その名を聞いて昔の記憶が蘇《よみがえ》ってきた。

三橋家で家政婦をしていて、当時三十代半ばくらいだっただろうか。三橋家に遊びに行くとよく立木さんが作ってくれたおやつを三人で食べていた気がする。

「まあね。最近、全然、陸の家の家事をしに行っていないって立木さんが言ってて。

それはつまり陸に女の影があるってことでしょう？　興味本位でどんな人か聞いたら美玖の名前が出てきて驚いたよ。抜けがけはダメでしょ、お兄ちゃん」

蓮が近寄り肩をぽんぽんと叩《たた》くと、陸は呆れたように溜め息を吐いた。

「人の家に勝手に上がり込んで、これはれっきとした不法侵入だぞ」

「一時期は一緒に住んでいた仲だし、いつでも来ていいって言ってたよね。それに鍵を回収しなかった陸が悪いんじゃない？」

楽しげな蓮と明らかに不機嫌な陸。

これ以上蓮が挑発したら、喧嘩さえ始まりそうな予感がする。

「ふ、ふたりとも仲よくしようよ。そうだ！　夕飯、みんなで食べよう。久しぶりに三人揃ったから近況報告とかしたいし」

陸と蓮の顔を交互に見つめ、必死に訴えかけた。

「だってよ。お兄ちゃん」

蓮の視線が陸に動く。

「美玖がそう言うなら……俺はいいけど」

「よかったね、美玖。てか、陸は美玖だけには本当に甘いよね～」

クスリと笑うと、蓮はそのままダイニングチェアの方に向かっていき腰を深く沈めた。

ひとまずふたりの衝突を避けられたようでほっと胸を撫でおろす。

もうこの際、ひじきは明日に回して、今日はできたものを並べて終わりにしよう。

ふたりの気が変わらないうちに夕飯にたどり着かなければと思い、そそくさと料理のセッティングをして三人で夕飯を食べ始めた。

「この金目鯛《きんめだい》の煮つけすごく美味しい。こっちの舞茸《まいたけ》の天ぷらもいい感じだね」

蓮が口元を緩めながらこちらを見る。

「そう？　ありがとう。どちらもお母さんのレシピなの」

「さすが美玖のママ。そういえば、昔はよく美玖の家で夕飯をごちそうになっていたよね」

陸と蓮のご両親は仕事が忙しくて、よく家を空けることが多かった。普段は家政婦の立木さんが陸たちのご飯を作っていたけれど、彼女が休みの日はうちの両親がふたりを家に招き、一緒に夕飯を食べていたことを思い出した。

「懐かしいね。みんなで餃子《ギョーザ》作りとかもしたよね」

「ああ。そうだったね。久しぶりに三人で餃子パーティーでもしようか？」

「まぁ、諸々《もろもろ》落ち着いたらそれもいいかもね。ところで蓮、新しい職場には慣れたのか？」

蓮と昔話で盛り上がっていると、今まで黙々とご飯を食べていた陸が突然口を開き、意識がそちらに動く。

「まぁ、余裕だよ。俺、昔から要領がいい方だからね」

「そっか。あんまり無理しないようにな」

なんだかんだ言っても、陸は蓮のことを気にかけているようだ。面倒見がいいとこも昔と変わってないみたい。さっきは険悪な感じでヒヤヒヤしたけれど、いらぬ心配だったのかもしれない。

「困り事といえば、職場で女の子にモテすぎてお断りするのが大変なことくらいかな」

「まったく。女遊びもほどほどにしろよ」

陸が怪訝《けげん》そうに蓮を見る。

「ひどいな。俺はこう見えてすごく一途《いちず》なんですけど」

ふたりのやり取りを聞いていて素朴な疑問が頭に浮かんだ。

「蓮ってなんの仕事をしているの？」

「京和《きょうわ》総合病院で医師として働いてるよ」

「え？　蓮、お医者さんなの？」

その答えは意外すぎて、思わず目を丸くする。

「そんなに驚くことないでしょ。これでも超優秀なんだけど」

蓮が不満げに整えられた細い眉を顰めてこちらを見る。

「ご、ごめん。勝手なイメージで蓮も法律関係の仕事をしてるのかなって思っていたから」

「あ、そういうことか。陸が父さんの事務所を継ぐんだから、俺は自分の好きなように生きるって決めたの。双子だからっていろいろ比べられる人生はもううんざりだしね」

蓮は昔から天真爛漫でおちゃらけていて本心がよく分からない人だったけれど、最後の言葉は彼の本音のように思えた。

ふたりのお父さんは弁護士事務所をいくつか経営している。クライアントには政財界の重鎮や著名人が多く、つまりは大手と言われる法律事務所だ。陸が今勤める事務所はお父さんの系列ではないらしいけれど、いずれは跡を継ぐ形になるのだろう。

陸と蓮は昔から英才教育を受け育ってきた。文武両道が当たり前で習い事も毎日のようにしていたし、常に紳士的でいなくてはいけなかったふたりには見えないところで相当のプレッシャーがあったように思える。

「今度、美玖のことも診察してあげようか?」

「な、なに言ってるの?」

ぼんやりと考え込んでいると、思わぬ言葉が耳に届きハッと我に返った。彼の方を見ると、悪戯《いたずら》っぽく笑いながら机の上で手を組みこちらを見つめてくる姿がある。

「恥ずかしがってる? 何度も一緒に風呂に入った仲なのに」

「それは小さい頃の話でしょ」

「ははっ。美玖って本当に変わらないね。すぐムキになるから、からかうのが面白い」

あれから十年が経つが、やはり蓮と私は顔を合わせれば、言い合いが始まるみたいだ。でも、彼も違う道で頑張っていることを知れてなんだかうれしくなっていたりもする。

私もふたりに負けないように早く仕事を見つけて頑張らなくちゃ、と改めて心に誓いながら久しぶりの三人での食事を楽しんだ。

夕飯を食べ終えた頃、病院から緊急の呼び出しの電話がきて蓮は慌てたようにマンションを出ていった。

すると部屋は嵐が過ぎ去ったようにシーンと静まり返り、なんだか空気が重く感じる。陸と一緒に皿の片づけを始めたが、彼はさっきからひと言も発しようとしない。

「蓮、相変わらずだね」

「そうだね」

どうしたものかと顔色をちらちらと窺《うかが》いながら話を振ってみたものの、会話は続きそうにない。なにか気に障ることをしてしまったのだろうかと、静かに思い返してみる。

「美玖、よくあれが俺じゃなくて蓮だって見破ったね」

「え?」

陸の言葉に思わず手を止め、彼の方を見た。

そんなところから陸は見ていたの? と驚きを隠せない。

「えっと……最初は分からなかったけれど、話していくうちに蓮の癖とかが見えてきて。それに陸は紳士的だし、あんなからかい方をしないから」

「そっか」

陸はそう答えると、黙々と食洗機に食器を詰め出した。

「蓮、今ではお医者さんか。医師免許ってきっと取るのが難しいよね。すごいなぁ」

とにかく沈黙が続くのが嫌で、なにげに蓮の話を口にしたそのときだった。

「蓮の話ばかりだね」

「ん?」

不満そうな陸の顔が目に飛び込んできたと思ったらすぐに爽やかな石鹸《せっけん》の香りが鼻を掠《かす》め、クイッと顎を掴まれて綺麗な顔が間近に迫った。

「り、陸……?　いきなりどうしたの?」

予想外の行動に目を泳がせる。息遣いさえも伝わってしまいそうな距離に、規則的な呼吸はすぐに奪われ、息を止めながらあたふたとするばかりだ。

「さっき蓮になにか耳打ちされていたけれど……」

「え?」

「美玖、顔が真っ赤になってたよね。なんて言われたの?」

陸のどこか切なげな瞳がじっと私の返答を待つ。

「それは、その……」

〝大好きな陸のことなら、美玖は昔からなんでもお見通しだったものね〟

耳打ちされた言葉が頭の中をループする。

でも、それは言えない。だって正直に口にしてしまったら、私が彼のことを好きだってバレてしまうから。そしたら今の関係性が壊れてしまうかもしれない。

やっと昔みたいに仲よくできる状態になったのに、またこれが崩れてしまうなんて考えたくはない。

「た、他愛もない話だよ」

気づけば、そうはぐらかしていた。

「他愛もない話にこんなにも動揺するの？　蓮と美玖だけの特別な秘密ってこと？　そんなの……納得いかない」

陸が悲しげに表情を歪めると、私の後頭部に手を回した。

「……っ」

ふいに唇に触れたやわらかい感触。それがキスだということに気づくのにあまり時間はかからなくて、全身が甘く痺《しび》れるような感覚に陥る。

息を吸う間もなく軽く唇を吸われたかと思えば、今度は陸の舌が唇をこじ開けて口内に侵入してきて、そのまま舌を搦《から》め捕られた。

「り、く……んっ……」

思わず吐息が漏れたその瞬間、リビングテーブルの上に置いてあったスマホの着信音が部屋に響いた。すると、動きがピタッと止まり静かに唇を解放した彼と瞳が交わった。

「そんなとろけたような顔、俺以外の前で絶対に見せないで。心配で気が気じゃないから」

陸は切なげな表情を浮かべながらそう言って私の頬をそっと撫で上げたが、頬に触れたその手は心なしか震えているように思えた。


いろいろ考えていたら昨夜はあまり眠れなかった。

いまだ唇に残る鮮明な感覚。濃厚なキスを思い出すだけで顔が熱くなる。

昨日の陸はいつもと様子が違っていた。でも、だからといって彼があんなことをするなんて夢にも思わなかった。

陸はあのあと、「ごめん」と言ってリビングを出ていった。

昨日のキスは……気の迷いというものだったのだろうか。

朝食の品をテーブルに並べながらひとり悶々《もんもん》と考え込んでいると、リビングのドアが開きスエット姿の彼が現れて瞳が絡まる。

「……陸、おはよ……」

「昨日は美玖の気持ちも考えないで、自分勝手なことをしてしまったとすごく反省してる。本当にすまなかった」

陸が私の言葉を遮るように深く頭を下げてきたことに驚き、慌てて彼のもとに歩み寄って肩に手をかけた。

「頭を上げてよ。昨日は……びっくりはしたけど、えっと……」

後に続けるべき言葉が見つからなくてしどろもどろしてしまう。

キスをされて驚いたけれど嫌とは感じなかった、と本音を伝えたら陸はどんな反応をするのだろう。ふとそんなことを考えていると、頭を上げた彼と再び視線が交錯しドキッとした。

「……昨日のことちゃんと説明させてほしいんだ。厚かましいお願いになるんだけど、今から少し付き合ってもらえないか？」

「いいけど……どこに行くの？」

突然の申し出に戸惑いを隠せなくて、瞳を揺らしながら見つめ返す。

「……俺にとってすごく大切な場所。そこで話を聞いてもらえないかな？」

陸の真剣なまなざしが私を捉えて離さなくて、私はその瞳に引き寄せられるように静かに頷いてみせた。

いかにも初夏だという青々しい空が広がる。都心を離れ標高の高い場所に進んでいく車窓から風に揺れる木々の緑が見え、葉先から差し込む陽光の眩《まぶ》さに目を細めた。マンションを出て一時間半あまり。陸が私を車に乗せて連れて行ったのは、意外な場所だった。

「ここって……昔、家族ぐるみで何度も来たよね」

圧巻な景色を目にして昨日から抱えていた釈然としない心持ちが一気に晴れるとともに、懐かしい思い出が蘇ってきて知らず知らず頬が緩む。

「美玖、覚えてるんだね」

「忘れるわけないよ」

目の前には美しい水色のネモフィラの花の絨毯《じゅうたん》が広がり、青い空とのコラボレーションは心を清らかにしてくれる。

ここは季節ごとにひまわりやコスモスなど様々な花を楽しめる人気スポットで、幼少期、陸の家族と毎年この場所を訪れて花見を楽しみながら隣にあるアスレチックで遊んだ記憶がある。

「今日はちょうど祭りをやっていて屋台も出ているみたいだから、一緒に回りたいって思ったんだ」

　陸が微笑みながらこちらを見る。

「昔もお祭りのときに来たことがあったよね」

　自然とふたり並んでネモフィラ畑を堪能しながら、屋台を目指し歩き出した。

「陸ってば、こんなにいっぱい買い込んで食べきれるの？」

「このくらい余裕だよ」

　屋台で買い物を済ませネモフィラ畑に戻ってきて、空いていたベンチに並んで座り購入してきたものを食べ始めた。

「このガパオライスすごく美味しいよ。陸も食べてみて？」

　先ほど屋台でもらったプラスチック製のスプーンを手渡そうとすると、陸がクスクスと笑い出した。

「美玖は本当に幸せそうに食べるよね」

「だってすごく美味しいから」

　昨日の一件でさっきまでどこかぎくしゃくしていたのに、思い出深い場所で食べ物に囲まれれば自然と饒舌《じょうぜつ》になる私は実に単純だ。

「そういえば昔、美玖と蓮が屋台でたこ焼きを買って最後の一個を巡って喧嘩になったよね」

「そうだった。私、蓮とはよく食べ物のことで揉めていたかも。その度に陸が仲裁に入ってくれて……」

優しい記憶に浸っていると、しばしの静寂が私たちを包みこんだ。

でも、それは気まずいものではなくて心は実に穏やかだ。

「……美玖、昨日は本当にごめんね」

と、その沈黙を破ったのは陸の方で。ふいに横を向くとそこには申し訳なさそうな表情を浮かべる彼がいた。

「謝ってくれたしもういいよ。男女がひとつ屋根の下に住めば気の迷いとか、時にはあんなこともあったりするのかな……なんて思ったりもするし」

ずっとぎくしゃくしているのも互いに気まずいに違いない。これ以上、昨日の一件の意味を追い求めてもなにも生まれないだろう。自分の中ですべてをリセットさせようと目の前のネモフィラ畑に瞳を向け、ゆっくりと息を吐いた。

「気の迷いなんかじゃないよ。俺は昨日、蓮に嫉妬したんだ。そしたら美玖への想いが抑えられなくなって、気づいたらキスしてた。俺は……美玖のことがずっと好きだった」

だが、自己完結しようとしていた私の耳に予想外のカミングアウトが届き、我知らず目を見開きながら陸の方を向いた。

「この十年、美玖を忘れたことはないよ」

真剣な瞳が私を捉えて離さず、熱い言葉が頭の中を何度もループし続ける。心臓がドクドクと波打ち血液が全身を流れていくのを鮮明に感じ取り、これは夢ではなく、今起こっていることなのだと痛烈に実感する。

「えっと……その、いきなりのことでちょっとびっくりして今、すごく混乱してる」

「驚かせてごめん。でも、もう美玖への想いを隠すことなんて無理だと思った」

「陸……」

引っ越す前、あんなにひどいことを言ったのに私を嫌うどころか、ずっと好きでいてくれたなんて思いもしなくて驚きを隠せない。

罪悪感がある私は、曇りのない真っ直ぐな瞳を向ける陸を直視できそうになくてそっと視線を足元に向けた。

「昔、ここでネモフィラ畑を一緒に見ていたときに美玖が〝苦しいときは声に出して泣いていいんだよ〟って言ってくれて。そのときに俺に手作りのオムライスをくれただろ？　優しさが本当にうれしくて心が救われた気がした。そのときから美玖は俺の中で特別な存在なんだ」

全神経が優しく穏やかな声に集中する。

昔の思い出を彼が鮮明に覚えていてくれたことが。

私の言葉を、存在を、忘れないでいてくれたことが。

純粋にうれしくて目頭が熱くなり視界がじんわりと滲んでいく。

「この先、ずっと美玖と一緒にいたいと思ってる。だから俺と付き合ってくれませんか？」

衝撃的な言葉が私の鼓膜を震わせ、自然と彼の方に視線が流れた。

情熱的なまなざしになにもかもが吸い込まれてしまいそうだ。それと同時にずっと奥底にしまい込んでいた想いが暴れ出すのを感じ、胸の高鳴りが映画のクライマックスのように頂点へと昇りつめていくのを感じた。

もう自分の気持ちに嘘はつけそうにない、そう強く悟った。

「……私も、陸のことが好き。忘れたことなんてなかったよ」

澄んだ瞳を真っ直ぐに見つめ返しながらそう伝えると、陸が安心したように口元を弓なりにし、私の背中にそっと手を回して包みこむように抱きしめてくれた。

ネモフィラ畑を堪能したあと、私たちは都心に戻ってきて陸が行きつけのフレンチレストランで素敵なディナーを食べてから帰宅した。

マンションに戻って来た頃にはすっかり日が暮れていて、これからリビングにあるプロジェクターで映画鑑賞をしようという話になり、先に私がお風呂を済ませ陸が上がるのをリビングで待っているところだ。

開放的な窓から見えるスカイツリーは、鮮やかな青色でライティングされている。一日ごとにツリーを彩るライティングのオペレーションが違うのだが、今日のスカイツリーを見ていると、それはまるでさっき目に焼き付けてきたネモフィラの優しい青を連想させ自然と心が高揚していくのが分かる。

「すごく楽しかったな」

ソファーに座りテーブルの上に置いてあったスマホを手に取る。そして、今日撮った写真のフォルダーを開きながら一日を振り返っていた。

今朝はかなりぎくしゃくしていたのに、こんな風に頬を寄せて一緒に写真を撮ることになるなんて夢にも思わなかった。

陸、すごくいい顔してる。

この笑顔好きだなぁ。

写真を見ていると幸福感に包まれてふと笑みが零れた。

「そんなにうれしそうな顔をして、いったいなにを見てるの？」

お風呂から戻ってきた陸がミネラルウォーターのペットボトルを手にしながら隣にゆっくりと腰をかけた。

「今日、ネモフィラ畑で一緒に撮った写真を見ていたの」

画面を陸の方に向けると、やんわりと微笑みながらスマホを覗き込んできた。

「美玖、お姫様みたいだね」

「またまたそれは大げさだよ」

「そんなことないよ。美玖は世界一かわいいから」

「そんなに面と向かって言われると恥ずかしいってば」

戸惑っていると、陸が私の腕を取り自分の方へと引き寄せた。

「これからは美玖をひとり占めできると思うとうれしくてたまらない」

抱きしめられた腕から伝わる優しい温もりに心が穏やかになっていく。

「ねぇ、美玖？　今度の休みに横浜《よこはま》の方に行こうか」

「横浜？　なにか用事でもあるの？」

少し解放された腕の隙間から陸の顔を見上げる。

「このまえ朝食を食べてるときに、横浜中華街《ちゅうかがい》の特集を見て美玖が目を輝かせていたから一緒に食べ歩きでもどうかと思って」

そういうことかと心の中で納得する。

「そんなに目を輝かせてた？」

思わず苦笑いしてしまった。

「ああ。美味しそうに食べる姿を見るとすごく幸せな気持ちになれるから、俺はたくさん食べる美玖が好きだよ。それから美玖が作ってくれる料理は世界一美味しい。今度、またオムライスを作ってくれる？」

「うん。いいよ」

陸が私の頬に手を当てながら、さらに笑みを深くする。

「好きだよ、美玖……」

甘い蜜に吸い寄せられる蝶《ちょう》のように自然と互いの唇が重なった。

次第にキスが深く激しくなり、口の中で縦横無尽に動き回る彼の舌先。

息を吸うのもままならなくて、なんだか頭が朦朧《もうろう》としてきた気がする。

「んっ……陸、今から……映画……」

「そのつもりだったけれど無理かも。計画変更だね」

一瞬、唇を解放され思いきり空気を吸い込んだのもつかの間、陸の唇が首筋から鎖骨、そして肩へと落ちていき、触れられた場所が熱を帯びていくと同時に、ぞわぞわという感覚に襲われ声が漏れそうになる。

それだけでもパニックなのに、今度は指先が服の中に忍びこんできたことに驚き、とっさに彼の胸を軽く押した。

「……ごめん。嫌だった？」

陸が私から離れ心配そうに顔を覗く。

そうじゃないと言わんばかりに私は強く首を横に振った。

「……私、実はその……こういうことするのが初めてなの」

このタイミングでカミングアウトすることになるとは思わなかった。込み上げてくる恥ずかしさと戸惑いから彼を直視できなくなってとっさにうつむく。

どう思ったんだろう。

不安に押しつぶされそうになっていると、陸がそっと私の頬に触れて顔を覗き込んできた。

「美玖の初めての男になれるなんてこんなに幸せなことはないよ」

引かれるかもしれないと覚悟していた私にとって、思いがけない言葉は胸の奥底に響き、一瞬にして負の感情を洗い流してくれた。自然と口元を緩ませながら彼の背中に手を回す。

そのままお姫様抱っこされて向かった先は、陸の部屋の綺麗にメイキングされたベッドの上で、優しくキスをされながら身体を倒された。

彼は私の頬に手を置き唇を寄せる。そして濃厚なキスを交わす間に服は脱がされ、陸が私の胸に顔を埋めた。

「……ああっ」

舌で中央の蕾《つぼみ》を刺激されれば、今まで感じたことのないむずがゆい感覚が身体を走り自然と甘い吐息が漏れる。

「美玖、とっても綺麗だよ」

「……んんっ……あっ……ひゃあっ……」

「もっとかわいい声、聞かせて」

そう言われても。

羞恥心から声をこらえようと必死になり手で口元を押さえた。

「……っ、陸、そこ、だめっ……」

次の瞬間、陸の指先が太ももをすり抜けて秘所へと滑り込むと、声を我慢することができないほどの快感の波に襲われて身体をのけ反らせた。

長い指先がそこを探るように動き回る。

「んっ……あっ、ああっ！」

徐々にエスカレートしていく愛撫《あいぶ》によって蜜が次から次へとあふれ出してくるそこは、容易《たやす》く陸の指を飲み込んでしまっていた。中で指が動く度にクチュリというい やらしい音が耳に届き、感じたことのない快感に襲われる。

それを身体から逃そうと腰を浮かせようとするが、陸の身体によって両足が押さえつけられているためそれもできなくて、ただただ彼の腕の中で喘《あえ》ぎ続けた。

「美玖の心も、身体も、全部、俺だけのものにしてもいい？」

意識が朦朧とし始めた頃、スッと指が抜かれ彼の身体を覆っていたバスローブがはらりとベッドの上に落ちた。

陸は扇情的なまなざしをこちらに向けながら引き抜いた指を舐《な》め上げ、避妊具をつけてから反り立ったそれを私の足の間へと押し付けゆっくりと中へ入ってきた。

「辛《つら》くないか？」

緩やかな律動が刻まれ始めると下腹部に圧迫と鈍痛を感じ、顔を顰めた。それでも心は穏やかで満たされていくのが分かる。

「……ちょっとだけ痛いけど、それよりも陸と結ばれたことがうれしい」

「俺もすごくうれしいよ。でも、無理はさせたくないから苦しかったら言うんだよ？」

どこまでも優しい彼。

大好きな人の体温に直《じか》に包まれることがこんなにも幸せなことなのだと知り、身体と心はどんどん昂《たかぶ》りを見せていく。

「陸のことがどうしようもないくらい好き」

「そんなかわいい顔で言われたら理性がぶっ飛ぶよ」

「……いいよ。陸の好きにして」

もっと、もっと彼がほしいと心がそう欲する。その衝動をもう抑えられそうになくて求めるように彼の唇に手を当てた。

「美玖は人を煽る天才だね」

額を合わせてきた陸が甘く囁き、それからすぐに腰を高く突き上げた。

「……っ！」

先ほどまでとは違う獰猛《どうもう》な抽挿で最奥を突き上げられると、目の前で火花が散ったようにちかちかとして、経験したことがない痛みが身体を駆け巡りギュッとシーツを握りしめる。

「美玖っ……んっ」

荒い吐息がふわりと髪を掠め私の上に覆いかぶさる彼を見上げると、欲情を孕《はら》んだ瞳を向けられ身体の中心が疼く。

頭が朦朧としてだんだんとなにも考えられなくなり、痛みはいつの間にか途方もない快楽へと変わっていた。その波に溺れてしまわないようにと陸のたおやかな背中に手を回す。

「……ああっ、陸、なんか……身体が……熱くて、変なの」

部屋には淫靡《いんび》な音が響き渡り、陸が律動を刻む度に熱くとろとろとした蜜が白いシーツへと零れ落ちていった。

「おかしく、なっちゃいそう。ああっ……」

「俺も、もう……んんっ」

次の瞬間、ダメ押しのように深く突かれると彼の口からわずかに蠱惑《こわく》的な吐息が漏れゆっくりと動きが止まり、脱力したように私の背中に手を回す彼の荒い息遣いを感じながら私は意識を失った。


それからどのくらい時間が流れただろうか。

頬に感じた優しい温もりに導かれるようにゆっくりと瞼《まぶた》を開くと、横には優しく微笑み私の頬を撫でる陸の姿があった。どうやらとめどなく身体に快楽を送り込まれ意識を飛ばしてしまったらしい。

「ごめん。私、いつの間にか意識が……」

「そんなことは気にしなくていいよ。それよりも俺の方が途中で理性を失ってすまなかったと思ってる。身体、辛くないか？」

そう聞かれると昨日の熱い情事が頭に蘇ってきて、身も心も結ばれたんだと改めて実感する。

「……うん。大丈夫だよ」

とは言ったものの昨日までとは明らかに自分の身体が違う。いつもよりだる重く下腹部に違和感がある。隣には裸の陸がいて頬が熱くなっていくのを感じた。

「美玖の寝顔かわいかったな」

「え？　ずっと見てたの？」

「うん。子供の頃と変わらず天使みたいだった」

「子供の頃と変わらず？」

陸の発した言葉の意味が分からなくて首を傾げながら見つめる。

「子供の頃、長期休みのときにお互いの家に泊まり合いっこしていただろう？　そのときに誰が最後まで起きていられるか三人で競争して」

「言われてみたらそんなことあったね」

　昔の温かい記憶が蘇り口元を緩ませた。

「うん。今日は絶対朝まで起きてるんだって美玖と蓮は毎回言っていたけど、結局、日付が変わる前にうとうとし始めて先に寝ちゃって。無防備な美玖の寝顔を見てかわいいなって思ってたし、いつもひとり占めできることに幸せを感じていたんだ」

「そうだったの？」

　澄んだ瞳に見つめられると急に羞恥心に駆られ、とっさに布団の中に潜り込んだ。

「美玖、出てきて」

「やだ」

「じゃあ俺の好きにさせてもらおうかな」

　え？　どういう意味？

　困惑しているとガバッと布団をはぎ取られ、陸が私の上に覆いかぶさり悪戯っぽく笑いながら唇に軽めのキスを落としてきた。

　だけどそれだけじゃ済まなくて、唇が首筋から鎖骨へと下りていく。

身体に触れる手は優しくも私の反応を味わっているかのように淫らにも思えて、身体が疼き熱くなっていく。

「……明るいところで見られたら恥ずかしい」

「綺麗なんだから恥ずかしがることなんてないよ」

「でも、私……」

頭に浮かぶ負の感情から瞳を揺らがせ陸を見上げる。

胸だってお世辞にも大きいというわけではない。そのくせお腹《なか》やお尻には余計な脂肪がついていてスタイルは決していい方ではないと自分で重々承知している。

私の身体を見て綺麗だと言ってくれたけれど、本当はどんな風に思っているのだろうと内心気が気じゃなかった。

陸は誰が見てもいい男だし優しくて誠実だ。

世の女性の大半は彼に出会ったら好意を抱くと思う。だからきっと、今まで美人でスタイルがいい素敵な女性がたくさん言い寄ってきただろうし、お付き合いだってそれなりにしてきたに違いない。

そんな女性たちと比べられると思うと劣等感しかないのだ。

「……私の身体を見て……本当は変だと思ったりした？」

布団で身体を隠しながら、恐る恐るそんな思いを吐露してみる。

「俺は身体の形で抱きたいと思ったんじゃないよ。美玖のことが好きだから一緒にいたいし触れたくなる。変なのか聞かれてもそれは……」

「それは？」

じっと答えを待っていると、彼の顔が真っ赤に染まっていくのが見えた。

「……美玖以外の女性の身体を見たことがないから分からない」

思いもしない返答で一瞬、思考回路が停止する。

それって……。

頭に浮かんだその答えをすぐに口に出すのを躊躇ってしまったのは、それが事実だとは到底信じられなかったからだ。

「……陸も、初めてだったってこと？」

おずおずとその推測を口にすると、彼が小さく頷くのが見えた。

「そうだったんだ……」

今まで胸に抱いていた劣等感がスッと消えていくのが分かり、どこかほっとしたような、うれしいような気持ちが広がっていくのを感じる。

「ずっと美玖のことが好きだったから他の人と付き合うとか、ましてや身体の関係とか考えたこともないよ。美玖さえ隣にいてくれたら俺は幸せなんだ」

やわらかく微笑む彼を見て、きっとこんなにも一途に私を愛してくれる男性は他にはいないだろうと思った。

込み上げてくる愛《いと》おしさから自然と彼の頬に手を伸ばすと、綺麗な顔が間近に迫りそっと唇が重なり合った。


「晴れてよかったね」

「うん。きっと美玖の普段の行いがいいからだよ」

本日の横浜の空は快晴。色艶やかな門と青空のコントラストは本当に美しく目を奪われていた。

陸と手を繋ぎながら門をくぐり、中華街のメインストリートと言われている中華街大通りに足を進めていく。そこには赤い提灯《ちょうちん》が鏤《ちりば》められた異国情緒あふれる空間が広がり、店先からは食欲をそそるいい匂いが漂ってくる。今日は休日ということもあり、どこも行列ができて活気にあふれている様子だ。

「お姫様、まずはなにが食べたいですか？」

陸が穏やかな笑みをこちらに向けてくる。

「小籠包《ショーロンポー》が食べたいな。あそこの店のがすごく美味しいって口コミに書いてあったよ」

「じゃあそこにしようか」

「うん」

思えば再会してから陸と都内を出てデートするのは初めてで、胸の高揚を抑えられない私がそこにいる。こんな風に一緒に過ごせるなんていまだに夢を見ているみたいだ。

陸は嫌な顔ひとつせず一緒に行列に並んでくれて、話を振り私を楽しませようとしてくれる。そんなさりげない彼の優しさをひしひしと感じながら、熱々の小籠包を無事ゲットできた私は頰を緩ませっぱなしだ。

「すごく美味しそう」

皿に並ぶ小ぶりの小籠包からは、ほわほわと湯気が立ち上がる。一個一個手作業で皮を包んでいるらしいのに、芸術品のような美しいフォルムは職人さんの技の結晶だろう。

立ち食いができるテーブルを見つけ、そこで食べることにした。陸が箸を差し出しながら保護者のようなまなざしを私に向けてくる。

「熱いから火傷《やけど》しないようにね」

「陸って過保護なお父さんみたい」

「お父さん？　せめてそこはお兄さんにしてくれる？」

私を見守る陸を横目に小籠包を頬張る。ジュワっと肉汁があふれてきて餡《あん》のうま味が口いっぱいに広がり、自然と頬を緩ませながら陸を見上げた。

楽しい時間はあっという間に過ぎていく。

みなとみらい周辺には山下《やました》公園や赤《あか》レンガ倉庫など、たくさんの観光スポットがあるので一日いても見飽きることはない。

中華街を出たあとそれらを観光してから、陸が予約してくれていた夜景が見える素敵なレストランでディナーを堪能した。

そのお店を出た頃にはすっかり日が暮れ、昼とはまた違った光景が目の前に広がっている。

「綺麗だね」

「うん」

足を止めともに見上げるのは、横浜港のシンボルのひとつとして有名な大観覧車だ。

色鮮やかなＬＥＤでライトアップされたそれは、夜空を華麗に彩り見る人の心を虜《とりこ》にする。

「せっかくだから最後にあれに乗りたいな」

「うん。そうしようか」

陸はひとつ返事でそう答えてくれ、私の手を引き出した。

「あそこでさっきまでご飯を食べてたんだよね。素敵な場所だったなぁ……」

海に浮かぶ船の帆をイメージしたような建物が目に入り、自然と頬を緩ませる。

陸と向き合う形で乗り込むと観覧車がゆっくりと空に上り始め、きらきらと光り輝く横浜の街並みや港の風景を見ながら、今日の出来事を頭の中で振り返っていた。

「そういえば小さい頃、家族ぐるみで一緒に遊園地に行ったことがあったけれど、観覧車に乗ったことはなかったよね。夜になったらライトアップされて絶対目につくはずなのになんでだろう……不思議」

煌《きら》びやかな外の世界を見下ろしながらつぶやくと、陸の笑い声が聞こえてきた。

「美玖、覚えてないの？　蓮が観覧車にみんなで乗ろうって言ったら美玖が観覧車乗り場で『あんなぐらぐらしてお空から落っこちそうなおうちは怖いから嫌』って言って泣き出して乗らなかったんだよ」

「え？　そうだったっけ？」

　思わず目を丸くしながら彼を見つめる。

「覚えてないのも仕方がないか。美玖がまだ幼稚園の年中の頃だったからね。でもそのとき乗らなかったおかげで、今こうやって美玖と初めてを共有できてるわけだから俺としてはうれしいけど」

　笑みを湛《たた》えながら立ち上がり、陸が私の隣に腰を下ろした。胸をときめかせながら差し出された手に自身の手を絡める。

　もしも高校時代に陸と結ばれていたら、こんな風にドキドキしながらデートを重ねていたのかな、ふとそんなことを思ってしまった。

「もしもあのとき、すれ違わなかったら……高校生の美玖とこんな風に肩を寄せ合って楽しい日々を過ごせてたのかな」

　私の髪に優しく触れながら陸がそうつぶやいた。

「私もちょうど今、同じようなこと考えてた。……あのときはごめんね。今さら言っても言い訳にしか聞こえないかもだけど、あれは本心じゃなくて。迷惑をかけたくなくて距離を置かなくちゃってあんな風に言ってしまったの」

「もう気にしてないよ。これからふたりでたくさんの思い出を作っていければそれでいい」

陸が穏やかなまなざしでこちらを見てくる。それにつられるように私も頬を緩ませた。

「私もそうしていきたい」

「うん。これからはずっと一緒だ」

陸が笑みを一層深くし唇を寄せてくる。目を閉じると愛おしい温もりが唇に触れ、ドキドキが加速していった。

唇を解放され瞳をゆっくりと開けようとしたところ、右手に違和感があり自然と意識がそちらへと動いた。

「陸、これ……」

右手の薬指にウェーブデザインがかわいらしいメレダイヤが埋め込まれたシルバーの指輪が神々しく輝いていることに気がつき、目を大きく見開く。

「初デート記念にもらってくれる？」

まさかのサプライズプレゼントに高揚し、自然と目尻からひと粒の涙が零れ落ちていった。

「とってもかわいい」

「気に入ってくれたならうれしいよ」

「ありがとう。大切にするね」

「ねぇ、美玖」

頬を綻ばせながら指輪を眺めているとやわらかい声が届き、隣に瞳を向けた。

「そう遠くない未来、こっちの指にもダイヤの指輪をプレゼントさせて」

陸が私の左手に手を置き、ふわりと微笑む。

私との将来を真剣に考えていてくれることがこの上なくうれしくて、胸のときめきは増すばかりだ。

「うん。楽しみに待ってる」

空が遠くなり甘い時間がもうじき終わりに近づく。

それでも私たちの心は決して離れないと強く思えて、左手に置かれた彼の指先にギュッと手を絡めて頷いてみせた。


周りが茜色《あかね》に染まり始めたことに気づき、ふと頭上を見上げる。

日中の日差しがだいぶ和らぎ過ごしやすくなった夕暮れ時、私は久しぶりに涼音と食事に出かけていた。

「美玖、おめでとう」

「ありがとう。やっと決まってほっとしてる」

実は再就職先が決まりそれを涼音に伝えると、一緒にお祝いをしようと言ってくれたのだ。

「それじゃ、かんぱーい」

ハワイアンビールの瓶をカチンッと合わせて微笑み合う。

「素敵なお店だね」

入った瞬間から思っていたことを口にしてみた。ここは涼音が選んでくれたお店だ。たくさんのテナントが入ったビルの屋上にあるおしゃれなビアガーデン。テーブル席に加えて個室や屋根つきのテラス席もあるので、プライベートシーンや結婚式の二次会会場としても人気のスポットらしい。

「前に友達の結婚式の二次会で来たことがあって。料理もとっても美味しかったからここにしてみたの」

涼音がニコリと笑いながら周りを見渡す。

私たちが選んだのは幻想的にライトアップされたテラス席で、開放感があって気持ちも高揚していく。

「仕事には慣れてきた？」

テーブルに並んだ料理を摘まみながら涼音が尋ねてきた。

「うん。少しずつだけどね。みんなすごく優しいし働きやすい環境だよ。それに私は主にケータリング事業の方をメインにやらせてもらってて、毎回いろんな場所に行けるからすごく新鮮」

「そっか。楽しそうでなによりだよ」

涼音が安心したように笑う。

新しい職場は代官山《だいかんやま》にあるレストランで、社長を始めとする従業員は二十代から三十代半ばと若い。レストラン業務の他、ケータリング事業を軸に展開しており依頼があれば個人宅から企業様、ホテルの宴会場などで実際に調理し料理を提供することもある。

「三橋先生とも順調そうですごくうれしいな」

「え？　なんか陸に聞いてるの？」

まさか陸、涼音に変なことを言ってたりしないよね？

少し心を騒めかせながら返答を待つ。

「なんも聞いてないよ。ただふたりを見ていたらすぐ分かるから。美玖はすごく幸せそうで肌艶もいいし」

「そうかな？」

「うん。三橋先生も前はクールな感じだったのに、最近は雰囲気がやわらかくなってよく笑うようになった気がするし。あ、そういえば、同棲は解消せずにこのまま続けることになったんでしょう？」

「うん」

料理を小皿に盛りつけながら頷いた。

実は再就職先が決まる少し前、不動産屋からいい空き物件が出たと連絡があり、すぐに内覧に行こうとした。陸にもアドバイスをもらいたくて付き合ってもらおうとその話をしたところ、彼から『このままここにいてほしい』と言われ、結局、一緒に住む形になったのだ。

「このまま結婚までまっしぐらかもね。こんなにも一途に愛されたら女としては幸せだよね。あ、そういえばだいぶ悩んでたけど、三橋先生への誕生日プレゼントは決まった？」

涼音が楽しげに私の顔を覗き込んでくる。

「うん。彼が好きなブランドのシルクのパジャマと黒の万年筆にしたよ。パジャマね、めちゃくちゃ肌触りがよくて安眠できそうだし、万年筆もシンプルなものを選んだから仕事でも使えそうな感じ」

「いいセンスじゃない」

そう褒めてもらえると自分のチョイスに自信が持てる気がした。

実はもうじき、陸の二十八回目の誕生日がやってくる。

彼の誕生日を祝うのは高校生のとき以来だ。どんなプレゼントを用意しようか、料理はどうしよう、などいろいろ悩み涼音に相談していたのだ。

あれこれと迷っているうちにあっという間に数週間が過ぎていたが、なんとか納得がいくものを選べてほっとしている。

「喜んでくれるといいな」

「絶対喜んでくれるって。三橋先生は、大好きな美玖から誕生日を祝ってもらえるだけでうれしいと思うよ」

涼音の言葉に頬を緩ませながら、皿に取り分けた料理を彼女の前へとそっと差し出した。

＊＊＊

仕事から帰宅するとリビングのドアからは灯《あか》りが漏れ、いい香りが立ち込めていた。今日の夕食はなんだろうと心を弾ませながらドアに手をかける。

「陸、お誕生日おめでとう」

愛おしい声に続きパンッという乾いた音が耳に届き、一瞬、ビクッと身体を震わせた。

目の前にカラフルな紙がひらひらと舞い上がって、フローリングに吸い込まれるように落ちていく。美玖の手にクラッカーがあってそれの音だと気づき、今日が自身の誕生日だったことを思い出した。

大人になってからは誕生日をそこまで意識したことがなかったので、すっかり頭から抜けていたらしい。ここ十年、両親や友人、蓮からの毎年のお祝いメッセージに気づくのもいつも誕生日が過ぎてからだった。

当日におめでとうと直接言われたことをすごく新鮮に感じ、部屋を見渡せば淡いパステルカラーのバルーンで壁が装飾されていて心が高揚していくのが分かる。

「これ全部、美玖が？」

「うん。気に入ってくれた？　ちなみに料理も頑張ってみました」

美玖がダイニングテーブルに目を向け、俺の手を引きながらそちらに誘導し出した。

「全部美味しそうだ。すごくうれしいよ。ありがとう」

「いえいえ。どういたしまして」

テーブルの上には俺の大好物なオムライスを始め、魚介のカルパッチョ、大きな野菜がゴロゴロと入ったビーフシチューやいちごのホールケーキなど、彩り鮮やかな料理がセンスよく並んでいる。

「早く食べたいよ」

俺が幼い子供のようにこんなにも心をときめかせていることを美玖は気づきもしないだろう。そう思いながらシャンパングラスを合わせ、美玖の手料理を堪能し始めた。

「誕生日に美玖のオムライスを食べられるなんて、こんなに幸せなことはないいな」

思わず破顔しそうになりながら目の前に座る美玖を見つめる。

「そんな風に言ってくれると作り甲斐があるよ」

彼女は頬を少し桜色に染めながら照れたように笑い、手に持つシャンパングラスをテーブルに戻した。

「俺にとって美玖のオムライスはすごく特別だから。あの日のオムライスもすごく美味しかった」

「あのときはお母さんの料理を見よう見まねで作ったし、卵もきっと固くて不格好で味もきっと褒められたものじゃなかったと思う」

美玖が苦笑しながらビーフシチューをスプーンで口に運ぶ。

「美味しかったよ、すごく。なにより美玖の思いがうれしかったんだ」

それは俺の心からの本音だ。あのとき彼女が救ってくれたから今の俺があることは紛れもない事実なのだから。

「私もね、あのときうれしかったの。実は……陸が私の作った料理を食べて喜んでくれたことが、私が料理の道に進みたいって思ったきっかけだったんだよ」

「そうだったの？」

思わぬ彼女のカミングアウトに手を止めて美玖を見つめる。

「うん。だから感謝してる。今、私が好きなことを仕事にできているのは陸のおかげだから」

あの日が互いのターニングポイントとなっていたことを知り、彼女と出会ったことは運命だったに違いないと感じずにはいられない。

この先の未来も美玖とともにありたい、そう強く思いながら。

この先の彼女との明るい未来の展望を頭の中で駆け巡らせてしまっていた。

＊＊＊

クラシック風の佇まいの洋館からはヨーロッパの風が感じられ、会場には国際色豊かな様々な人種の招待客がいていろんな言語が飛び交っている。一瞬、海外のリゾートにでもいるような錯覚に陥ってしまうほどだ。

今日はこの場所で『城之内《じょうのうち》グループ』という旧財閥系の巨大企業の創立記念パーティーが行われており、私の勤めるお店の他、数企業が出張ケータリングとして会場で料理を提供する形になっている。

会場の規模が大きくお客様の数も多いので、すぐに料理のストックがなくなってしまう状態。常に目を配っておかなくてはいけなくてかなりバタバタとしている。

そんな中でも、気になることがあって気づけばそちらの方向ばかり見てしまうのは仕方がないことだと思う。

さっきからあそこにいる〝彼〟と何度目が合っただろうか。

蠱惑的な瞳が向けられ思わずドキッとする。

黒のシルクのスーツにグレーのネクタイをした今日の陸は、前髪をアップバンク風にしているためかセクシーな雰囲気が漂っていて、その妖艶さは周りの女性の視線をひとり占めしているような気さえする。

実は彼も勤め先の関係でこのパーティーに招待されていたのだ。

その事実を知ったのは、つい数日前のこと。

陸がなにげにパーティーのことを話してきていろいろ聞いていくうちに、私がケータリングでお邪魔することになっているこのパーティーである事実を知った。

こんな偶然があるのかと戸惑う私とは対照的に、彼は私の仕事姿を見られることがうれしいらしく、ずいぶんと浮かれた様子だった。

ちらちらと陸を気にかけながらも自分の仕事を全うする。

今日は主に焼き物を担当していて、お客様から声がかかったタイミングでお肉と野菜を鉄板で焼いていた。

「ひと皿いただけますか」

ふいに男性の声がして視線がそちらに動く。

「あっ」

思わず目を丸くしたのは、懐かしい顔がそこにあったからだ。

向こうも驚いたような顔をしているということは私に気づいたのだろうか。

「もしかして美玖か？」

低めの穏やかなバリトンボイスが耳に響いた。

「うん。雄大《ゆうだい》くんだよね？　久しぶりだね」

「やっぱり美玖か。こんなところで会うなんて驚いたよ」

やわらかく微笑みながらそう言う、長身の男性の名は武智《たけち》雄大。彼は高校時代のクラスメートだ。

転校先の学校で最初に会話を交わした相手が、隣の席の雄大くんだった。当時彼は学級委員をしていて、慣れない環境に戸惑っていた私をいろいろと気遣ってくれた覚えがある。

高校を卒業してからは仕事の関係で大型連休などは実家に戻れずにいたので、同窓会などがあってもほとんど顔を出したことがなかった。だから彼と会ったのは実に数年ぶりということになる。

それにしてもモデル並みの小顔で鼻筋が通った綺麗な顔、そしてスタイルのよさは健在だ。今もバスケットボールをしているのだろうか。ふとそんなことを思った。

「雄大くんはどうしてここに？」

「仕事の関係でお呼ばれいただいて。実は今、俺、ウエディング関連の会社を経営してるんだ」

改めて同級生たちがいろんな分野で頑張っていることを知り、いい刺激をもらいながら鉄板の上の牛ヒレ肉と野菜の様子を窺う。

「そうなんだ？　すごいね」

「いやいや。まだまだ駆け出しだから全然すごくないって。美玖は飲食関係で働いてるってこと？」

「うん。代官山にあるレストランで働いてるの。今日はケータリングの関係でここに。あ、焼き加減はどうする？」

「じゃあミディアムで」

「かしこまりました。あと少しでできるから、もう少々お待ちくださいませ」

そろそろ肉を皿に上げようとトングを手に取ったときだった。

「美玖の手料理が食べられるなんてうれしいな。実はさ、今だから言えるけど、俺、高校時代、美玖のこと気になってたんだよね」

「え？」

まさかのカミングアウトに驚いてトングを鉄板の上に落としてしまい、慌ててそれを拾おうと手を伸ばす。

「熱っ……」

動揺からか、ふいに鉄板に手が触れてしまい思わず顔を歪めた。

「大丈夫か？　すぐに冷やさないと。ちょっとここで待ってて」

雄大くんがとっさにドリンクコーナーに向かい、担当の人になにかを伝えてビニール袋に入った氷を手に戻ってきた。

「いきなりあんなこと言って動揺させて悪かった」

お客様から見えない部屋の端の方で氷袋を患部に当ててくれながら、雄大くんが申し訳なさそうに私の顔を見る。

「いやいや、私がドジなだけだから。この仕事をしていると火傷もよくあることだから気にしないで」

「でも……」

「本当に大丈夫だから。料理が冷めないうちに食べちゃって。私もすぐ仕事に戻るから……」

「美玖！」

雄大くんと話している最中、聞きなれた声が耳に届きドクンッと心臓が跳ね上がる。

陸が慌てたようにこちらに足を進めてきて一瞬、雄大くんに視線を送ってから私を見つめてきた。

「手、どうかしたの？」

陸が心配そうに私の顔を覗き込む。

「あ、えっと……ちょっと火傷しちゃって。でも、もう大丈夫だか……」

「すみませんが、彼女の腕を離していただけますか？　あとは私が引き受けますので」

陸は私の言葉を遮るように雄大くんに向かって静かにそう言い放ち、私の身体を自分の方へと引き寄せた。見上げれば瞳の奥が明らかに笑っていないように思えてハラハラしてしまう。

「……分かりました。それでは……彼女のことをお願いします」

なにかを察したかのように雄大くんはそう言って私のもとを離れていった。

「痕が残らないようにちゃんと冷やさないと」

「陸、上司の方と来てるんでしょう？　早く戻った方がいいと思う」

「……でも美玖が心配なんだ」

雄大くんがいなくなってからの陸は、さっき一瞬見せた怖い雰囲気ではなくていつもどおりの様子で少しほっとしている。

「気遣ってくれてありがとう。でも、もう平気だから。私も仕事中だから戻らなきゃ」

「……あのさ」

「ん？　どうかしたの？」

なにかを言いかけた陸を真っ直ぐに見上げる。

「いや、やっぱりなんでもない。俺、戻るね。美玖も仕事頑張って。とにかく痛みが引くまではちゃんと患部を冷やしてね」

「うん。分かった。ありがとう」

「じゃあまたあとで」

さっき彼はいったいなにを言おうとしたのだろう。そんな疑問を抱きながら遠くなる背中を見つめていた。


その日仕事を終え帰宅すると、玄関には陸の革靴が綺麗に並べて置いてあった。灯りが漏れるリビングに足を進めていき、ドアノブに手をかけた。

「ただいま。戻ってたんだね」

「おかえり。俺もついさっき帰ってきたところだよ」

ソファーに座り読書をしていた様子の陸が、やわらかなまなざしで迎えてくれた。

「美玖、火傷は大丈夫だった?」

こちらにやって来た彼が立ち上がり、心配そうに私の手を覗き込む。

「まだちょっと赤いね」

「でも水ぶくれにならなかったから痕は残らないと思う」

「それならよかった。これからは気をつけてね。あ、お風呂沸かしておいたから入っておいで」

さりげない気遣いの数々に、今日一日の仕事の疲れが吹っ飛んでいく気がしていた。

「ありがとう。じゃあお言葉に甘えて先に行ってくるね」

シャワーの蛇口を捻《ひね》れば、熱いしぶきが身体を刺激する。陸の優しさに触れ今日はすごくうれしかったな、そう思うと自然と鼻歌が漏れた。

お風呂から上がったら久しぶりに一緒にお酒でも飲んでまったり過ごしたいな。

あ、映画を観《み》るのもいいかも。

ひとり妄想を膨らませながらボディーソープをスポンジにつけ、身体を洗い出したそのときだった。

バスルームのドアが開く音がしてとっさに両腕で身体を隠した。

「り、陸？　い、いきなりどうしたの？」

「美玖と一緒にお風呂に入りたくなったから来たんだよ」

顔を出したのは裸の陸で、さもそれが当たり前であるかのように中に入ってきて、流しっぱなしだったシャワーを頭からかぶるかのように浴び出した。

戸惑っているのは私だけで、陸の方は隠す素振りもなく実に堂々としている。

そんな彼を横目で見ながら、自分の気持ちを落ち着かせようと躍起になる。

今まで何度か一緒にお風呂に入ったことはあるけれど、そのときはバスルームの灯りを暗めにしてもらって入ったわけで。こんな明るい状態で一緒にお風呂に入るなんて顔から火が出そう。

「美玖、身体を洗うところだったの？」

「あ、うん……」

振り向いた陸のまなざしが真っ直ぐに私を捉える。

水も滴るいい男とはまさに陸のことをいうのだろう。濡れた前髪を掻き上げた彼からは男の色気が漂い、この状況でもドキッとしてしまう。

「俺が洗ってあげるからこっちに来て」

「え？」

陸が私の手からスポンジを取り上げてカウンターに置いた。そして、私を後方から包みこむような体勢でボディーソープの泡がついた自身の指先を、私の身体の上で這《は》わせ始めた。

「……っ」

意識が陸の指先に集中してしまい、肌に触れられる度にゾクゾクという感覚に襲われ、何度も身体がピクンッと小さく跳ね上がる。

「陸、お願い。その触り方……やめて」

「美玖の身体は本当に素直だね。ここ触ると気持ちいいんだ？」

「……ひゃっ……んっ……」

唇から変な声が漏れ、慌てて陸の手を止めた。

「じ、自分で洗うから、もう大丈夫。……ありが、とう」

「ダメだよ。これはお仕置きだから」

距離を取りスポンジを手にすると、陸の口から思わぬ発言が飛び出したことに驚いてとっさに振り向いた。

「今日の陸、なんか変だよ？　どうかしたの？」

見上げると、物憂げな瞳がこちらに向けられ困惑する。

「なんで美玖は俺以外の男に簡単に手を握らせたの？　あの男は誰なの？　美玖のなに？」

駆け引きなど一切ないストレートな嘆きは昼の一件をすぐに思い出させ、陸の異変の意味を痛いくらいに理解した。

「んんっ」

次の瞬間、壁に身体を押し付けられ、それからすぐに美しい顔が迫ってきて息を吸う間も与えてもらえないほどの濃厚なキスが矢継ぎ早に降ってきた。

だんだんと意識が朦朧としてきてなにがなんだか分からなくなってくる。

「……ちゃんと俺の質問に答えて」

ふいに唇を解放されると、甘い唾液が糸を引き静かに弾けていった。

交わった瞳は決して逸れることはなく、耳には流れ続けるシャワーの音だけが響いている。

「……あの人は……転校先の……高校の同級生だよ」

「それって俺が知らない美玖を知ってるってことだよね。ますます妬《や》けちゃうな」

凛々《りり》しく整えられた眉が切なげに歪む。

「こっちの気も知らないで、さっきも鼻歌なんか歌ってずいぶんと気分がよさそうだったね。あの同級生と会えてうれしかったから浮かれてるの？」

陸が耳元でまた意地悪なことを囁き、そのまま首筋に唇を這わせ始める。と同時に足の間に指を滑らせてきて敏感な部分を激しく攻め立て始めた。

「……っ」

ぞわぞわと身体に押しよせてくる感覚に、膝がガクガクと震え出しその場に崩れ落ちそうになる。

「ち、違うよ。……家に帰ってきたら……陸がいろいろ気遣ってくれて……それがうれしかったから……」

それでも陸の誤解を解きたくて彼の背中に手をかけながら必死に言葉を吐き出すと、陸が驚いたようにビクッと肩を震わせた。それからすぐに私の身体を解放しバスタブの縁《へり》に座らせてから顔を覗き込んできた。

「……勘違いしてごめん。嫉妬と不安でどうにかなりそうだったんだ」

深い懺悔《ざんげ》を帯びた瞳が向けられる。

不思議と責める気にはならなかった。

彼は感受性が強くて繊細な一面を持っている。時折、愛情表現がいきすぎてうまくできないところもあるけれど、私のことを真っ直ぐに愛してくれていることは分かっている。

だから……。

「私の中の特別は陸だけだよ。心がときめくのも、触れてほしいって思うのも、陸だけだから。それを覚えていてほしいの」

もう二度と彼が不安にならないように、ちゃんと彼の目を見て気持ちを伝えたいと強く思った。

「俺だけ？」

「うん。陸だけだよ」

頷くと彼がほっとしたように頬を緩め、湧き水のように澄んだ瞳が向けられた。

素直で真っ直ぐな彼を見て言葉では言い表せないほどの愛おしさが胸の中に募っていく。そして、気づけば陸の首にそっと手を回し、初めて自分から彼の美しい唇に濃密なキスを贈っていた。

＊＊＊

「三橋先生、十四時からご予約いただいていたご相談者様が第二ルームにお見えになっております」

俺を担当する秘書が執務室にやって来て、意識がそちらに動いた。

「分かった。今、行くよ」

パソコンを閉じ立ち上がる。今日は法律相談の担当なので、朝から執務室と相談室の往復が続いている。

債務整理や離婚相談、労働問題や契約問題。相談内容は人によって様々だ。中でもうちの事務所は医療訴訟案件で相談に来る方が多く、今から受ける相談もその件だと前もって聞いている。

「失礼します」

相談室のドアを開けると、そこには三十代前半くらいの若い男性の姿があり、俺に気づくと席から立ち上がり頭を下げてきた。

「どうぞ。ご着席ください」

「はい」

促すと彼は遠慮気味に腰を沈め、不安げな面持ちでこちらを見てくる。だいぶ緊張しているようだ。

「私、本日、法律相談を担当させていただきます三橋と申します。どうぞよろしくお願いいたします」

「あ、木原《きはら》です。こちらこそよろしくお願いします」

彼は少しおどおどした様子で名刺を受け取り、それを静かにテーブルの上に置いた。

「それで今日はどういったご相談でしょうか？」

お茶出しに部屋にやって来た事務員が出ていったタイミングで彼にそう投げかけた。

「ある病院を訴えたくて相談に来ました。どうしても妻の無念を晴らしたいんです。早くこの問題を解決して子供と前を向いて歩いていきたくて……」

彼は少し涙目になりながら視線を下に落とした。

かなりデリケートな相談のため、慎重に言葉選びをする必要がありそうだと思い、パソコンに相談内容を打ちつつ彼の顔色を静かに窺う。

「病院を訴えたいと？」

「はい……」

聞けば、数か月前に竜谷《りゅうこく》ケ森《がもり》総合病院で分娩《ぶんべん》後、奥様の容態が急変しそのまま亡くなられたそうだ。

彼の言い分は、もっと早く高次医療施設に妻が搬送され適切な治療を受けてさえいれば、命は助かったのではないかというもの。

実際に木原さんは現場で医師同士が搬送のことで揉めているのを聞いていたそうだ。話によると若い医師の方が早く搬送をした方がいいと主張していたようだが、主治医を務めていた年配の医師がそれを渋ったとのことだった。

医療訴訟を多く対応しているうちの事務所には全国から相談が寄せられるが、そのうち実際にこちらで引き受けるのは数パーセントに満たない。

そもそも医療過誤の民事事案においては、訴えが認容される率は二割前後と極めて低い。証拠を持っているのは医療機関であること、専門的であるがゆえに各期日までの準備期間に長さを伴うのも特徴的だ。

もちろん素人では到底立ち向かえない案件であるし、多くの医療過誤を取り扱っているうちの事務所でさえ毎回、証拠集めには苦労する。またその分野を専門とする協力医を探すのも厳しい現実がある。

「木原さんが病院側に処罰を求めたい気持ちは分かりました。ですが、被害を受けた側が追及できるのは民事責任のみなんです。つまりは損害賠償請求という形になります」

「それはつまり私では、病院側に刑事責任は問えないということですか?」

木原さんの顔には困惑の色が滲む。

「そうです。患者側は刑事訴訟を起こすことはできないんです。届け出をすることはできますが、最終的に捜査するかを決めるのは捜査機関であり、最終的に裁判所が有罪としなければ処罰されないんです。ですからこれからの生活を考えるのであれば、刑事告訴を起こすよりも、まずは民事訴訟を検討されてはどうかと思います」

こんな風に言って宥めている俺だって、実際医療過誤に遭って大切な人を亡くすようなことがあれば冷静でいることはできないだろう。

その怒りや憎しみを病院側にぶつけたくなり、刑事告訴に気持ちが向くのも十分理解はできるが、クライアントの今後のことを考えると感情論で突っ走ることがいいとも限らないのが現実だ。

「……分かりました。少し考えてみます」

木原さんはその日、そう言って帰っていった。

だが、後日正式に病院に対して民事責任を問う訴訟を起こしたいと依頼があった。

証拠保全の申請をして、カルテを取り寄せ証拠を精査してからにはなるが、彼の力になれるのであれば弁護士として尽力したいと思う。

どうか木原さんのご家族に希望の光が灯《とも》りますように。

心からそう願わずにはいられない。

仕事を終え、事務所を出ると俺は足早に地下の駐車場に向かった。

今日はこれから美玖と一緒にご飯を食べに行くことになっているので、彼女の勤め先の近くまで車で迎えに行く予定だ。

待ち合わせ時間まではまだかなりあるので、ひとまず近くのカフェで少し時間を潰そうかと考えながら車に乗ろうとしたそのとき。

「陸」

ふいに名前を呼ばれそちらを振り返ると、思いもしない人物がそこにいて心臓をどよめかせた。

「……どうしてここに」

「だっていくら連絡しても返してくれないんだもの。だから直接会いに来たの」

黒のロングの髪を掻き上げ、スタイルを強調するようなタイトな黒のミニ丈ワンピースを身に纏った沢渡香菜が、ピンヒールをこつこつと鳴り響かせながらこちらへ悠然と歩いてくる。

「あの件ならきちんと断ったはずだ」

少し強い口調で俺は彼女と間合いを取る。

「本当につれない人ね」

香菜からは一切怯《ひる》む様子は感じられない。それどころか余裕綽々《よゆうしゃくしゃく》といった様子で、真っ赤な口紅が塗られた薄型の唇を弓なりにしてこちらに瞳を向けてくる。

鼻を掠めるのは彼女から放たれる甘ったるい香水の匂いで思わず眉を顰めた。

「そんなにあからさまに嫌な顔をしないでよ。今から食事でもどう？」

この状況でそんな誘いに俺が乗ると思っているのだろうか。

目的はいったいなんなのか、香菜の表情からそのヒントを得ようとじっと彼女を観察しながら口を開いた。

「悪いけど今から予定があるんだ。だから失礼する」

食事に行く気などさらさらなく、早くこの場から離れたくて車のドアに手をかけた。

「見合い話を断られて私すごく傷つけられたの。その埋め合わせくらいしてくれてもいいでしょう？　あ、それとも成瀬さんに見合いの話を伝えてもいいのかしら？」

頭から冷や水をかけられたような衝撃を覚え、その場に突っ立った。

彼女の方を見ると、不敵に笑う姿があり胸が騒めき出す。

高校の同級生だった香菜はその当時、クラスで俺に話しかけてくることが多かった。

俺が行動を共にしていた友人が彼女の友達に好意を持っていたので、友人に頼まれて香菜を含めた数人で遊びに行ったりもした。彼女とは卒業後もクラスの集まりや父の会社関連のパーティーで顔を合わせたり、たまに向こうから連絡がくることもあったが、香菜に対して特別な感情を抱いたことはない。

そんな彼女との見合い話が上がっていることを俺が知ったのは、ほんの数週間前だ。その日、父に実家に呼び出され告げられた。だが、将来を考えている女性がいることをその場で伝えると、父は俺の意思を尊重してくれて沢渡家との見合い話を断ると言ってくれた。

父が断りを入れた直後、香菜からスマホに連絡がありそこでもきちんと気持ちを伝え見合いはできないときっぱり断ったが、プライドが高い彼女は納得がいかなかったのかもしれない。今日、いきなり俺の前に現れ、しかも美玖との関係まで知っているとはあまりにも予想外だった。

「彼女とお付き合いされてるんでしょう?」

「君には関係がないことだ」

余計な情報をくれてやる必要はないと、あえて突き放すようにそう言い放った。

「この間、街で偶然ふたりが一緒に手を組んで歩いているところを見かけたの。まさかまだ陸と成瀬さんの関係が続いていたなんて驚いたわ」

彼女が非難するようなまなざしを向けてきて、あからさまに溜め息を吐いた。

「見合いの件は父にきちんと自分の現状を伝えていなかった俺にも非がある。俺に交際している女性がいると知っていれば、君のお父さんの提案を最初から受け入れなかったはずだ。すまないとは思うが……」

「どこまで侮辱したら気が済むのかしら。この私をこれ以上、怒らせるとどうなるか分からない？」

「……っ」

彼女の唇が「成瀬さん」と動いたことに俺はなんとも言えない恐怖を覚え、ゆっくりと香菜のもとへ足を進めていった。

＊＊＊

「陸、どんな顔するかな」

仕事が早く終わったので地下鉄に乗り移動し、彼が働くオフィスビルに向かって歩き出していた。

ちょうどビルが見えてきて腕時計に目をやれば、時刻は十八時を少し回ったところだ。そろそろ陸に連絡をいれようと鞄の中のスマホを手に取ると、画面に彼からメッセージが届いていることに気づき慌ててタップした。

そこには急な仕事が入ったから食事に行けなくなったというような内容が謝罪とともに書かれていた。すごく残念ではあるが、仕事ならば仕方ないと自分自身を納得させてみる。

すぐに返信を打ち、事務所が入っているビルを見上げた。

さてこれからどうしようか。ダメもとで涼音を誘ってみようかと連絡先を開いたその刹那。

「……っ」

瞳に映る光景に衝撃を受け、身体が板のように硬直し足を止めた。

「どうして？　陸、仕事って言ってたのに……」

つぶやいた言葉が儚《はかな》げに宙に消えていく。

ビルの地下から出てきた一組の男女がふたり並んで駅の方へと歩き出す。

それは陸と――。

その隣にいるのは、あれはもしかして……。

沢渡先輩？

急に昔の光景が頭に浮かんで胸が疼き、状況が呑み込めず不安ばかりが大きくなっていく。それでも彼らを見失うのが怖くて、気づけば反対の歩道からこっそりと後を追っていた。

ふたりが向かった先は、陸の事務所近くにあるカフェだった。

店内は広そうに見えるが、さすがに中まで入っていくことには気が引ける。ソワソワと落ち着かない気持ちで陸たちが出てくるのを外で待っていた。

いったい私はなにをしているんだろう。これじゃあストーカーみたいだ。

急に我に返り自身の行動の愚かさを悟り始めたが、負の感情は収まりそうにない。いや、むしろ増す一方だ。

私とのご飯よりも他の女性との約束を優先したってことだよね？

そんなことしか考えられない卑しい自分が情けなく思えてきて、天を仰いだそのときだった。

「あれ？　美玖じゃん」

聞き覚えのある声がしてそちらを振り向いた。

「蓮……。なんでここにいるの？」

そこにいたのはスーツ姿の蓮だった。顔を合わせたのは、あのなりすましの日以来だ。

「近くで学会があったんだよ。美玖こそなんでここにいるの？　もしかして陸に会いに来たとか？」

陸と私が付き合っていることを彼は知っている。付き合い始めてすぐの頃、陸が実家に帰ったときに蓮に報告したと言っていた。

「……そんなんじゃないよ。この近くで仕事があったの」

まさか陸と沢渡先輩らしき人が一緒にいるところを見かけてここで見張っていたなんて、口が裂けても言えなくてとっさに嘘を吐いた。

「なんとなく元気がないように見えるけど、もしかして陸となんかあったのか？」

蓮から鋭い問いが飛び、動揺から目が泳いでしまった。

「ううん。うまくやってるよ」

と、思いたい。

きっとあの女性とは友達として食事をしているだけだよね？

嘘をつかれた理由がよく分からなくて気分が晴れないけれども、陸が私を裏切るわけがない。

「美玖、今から一緒にご飯に行かない？」

必死に自分の中で納得がいく答えを追い求めていると、思いもしない提案が飛んできてハッと我に返った。

「さぁ、行こう」

「え？　ちょっと、あの……」

「腹が空《す》いてどうにもならないから付き合ってよ」

私の返事を聞くこともなく、蓮が私の手を引いて駅の方へと歩き出した。

蓮の後に続き暖簾《のれん》をくぐり中に入ると、広々とした店の中央にある大きな透明の生《い》け簀《す》が目に飛び込んできて、様々な魚が泳ぎ回っているのが見えた。生け簀を囲むように竿《さお》を持った人たちが立っていて、歓声が上がったりもしている。

「あの、ここは……」

きょとんとしながら隣に立つ蓮を見上げた。

「ん？　釣り堀居酒屋だよ。自分で釣った魚を調理してもらえるんだ」

蓮がやんわり笑うと、五十代くらいの女性スタッフがこちらへとやって来て各々釣竿を手渡された。

「じゃあさっそく始めようか」

彼のそのひと言で半ば強引に釣り堀を体験することになり、ちょっと戸惑い気味だ。竿を生け簀に投げ込み、ちらちらと隣に立つ蓮の様子を気にかけていた。

と、突然、竿に引きを感じ意識がそちらに持っていかれた。

「れ、蓮、これいったいどうしたらいいの？」

たじたじになりながら蓮に助けを求める。

「美玖、釣りの才能あるんじゃない？」

蓮が楽しげに笑いながら近くにあった網を手際よく生け簀の中に入れ、竿にかかった魚をすくい上げてくれた。

「ここによく来るの？」

ヒラメや鯛《たい》など、ふたりで何匹か釣り上げそれを調理してもらっている間、案内された席に向かい合う形で座る蓮に問いかけた。

「大学のときに釣り好きの先輩に連れて来てもらってからたまに。ここの魚料理絶品なんだよ。和でも洋でも、こちらのリクエストに応えてくれるのもありがたいしね。美玖は陸とあんまりこういうところに来なそうだよね。毎日優雅な食事とかしてそう」

蓮がグラスビールを手に取り、やわらかな瞳をこちらに向けてくる。

「そんなことないよ。基本、ご飯は家で食べるし。私、凝ったものは作れないから」

「へぇー。ちゃんと彼女してるんだな」

蓮がニヤリと笑うのを見て口を滑らせてしまったことに気づき、小さく溜め息を吐いた。

「蓮はいつもそうやって誘導尋問みたいなことをするから、もうなにも答えません」

「少しはいつもの美玖に戻ったみたいで安心した。たまには気晴らしにこういうエンターテイメント的な店もいいでしょ?」

頬を膨らませながら彼を睨むと思わぬ言葉が返ってきて、私のことを気にかけてこの場所を選んでくれたのだと理解した。

「なにがあったか知らないけど、美玖は笑ってた方がかわいいよ。元気がないとからかい甲斐がないしね」

蓮がフッと笑い、今しがた届いたヒラメのカルパッチョを皿に取り分け出した。

彼はよく人をからかってくるけれど、こうやって自分の身近な人が落ち込んでいるときはすぐにそれに気づいて、そっと手を差し伸べてくれる。昔、引っ越しのときに餞別にくれたハートのクッキーが頭に浮かび、胸が温かくなるのを感じていた。

「今日だけは……ありがとうって言っておく」

「やけに素直だねぇ。こっちの鯛の炊き込みご飯も絶品だから食べてみな。元気がないときは食べるに限る！」

彼の優しさに触れ、少しだけ元気を取り戻せた気がする。

私だってこうやって蓮と食事に行ったりするわけだし。だからといって別に変な感情があるわけではない。

なんで陸が嘘をついたのかは気になるけれど、彼を信じよう。

その決意を呑み込むように炊き込みご飯を豪快に頬張った。


「おかえりなさい」

「ただいま。今日は急にごめんね」

私が帰宅して少し経った頃、陸が帰ってきて開口一番に謝ってきた。

信じようと決めたけれども、いざ本人を目の前にするとさっき沢渡先輩らしき女性と一緒にいた光景が頭に浮かび、少し胸が疼く。

「気にしないで。仕事なら仕方ないよ」

必死にそんな言葉を絞り出すのが精いっぱいで、ちゃんと笑えているかは分からない。

「……うん。美玖、ご飯食べた？　もしまだなら……」

「私……蓮と街中で偶然会って食べてきた」

「そっか。蓮、元気そうだった？　俺も一緒に食べたかったな」

陸が目の前の席に腰を沈め、ネクタイを緩めながら切なげにそう言う。

「……仕事だったんでしょう？　だから誘わなかったの」

気を緩めれば負の感情が顔に表れてしまいそう。

とっさに気持ちを落ち着かせようと、飲みかけのカモミールティーの入ったマグカップに手を伸ばすと、ふたりの間にしばしの沈黙が流れた。

「……本当は……違うんだ」

「違う？」

マグカップをテーブルに戻すと、陸が口を開いた。なんとも言えない緊張感が私を襲う。

「ごめん。俺、美玖に嘘を言った。本当は仕事じゃなくて高校の同級生の沢渡香菜と会ってたんだ」

ひどく申し訳なさそうな表情を浮かべ陸が頭を下げてきたのが見え、ドクンと心臓がどよめいた。

「……なんで先輩と会ってたの？」

彼が頭を上げたタイミングでそんな言葉を投げかけた。テーブルの下で両手をギュッと握りしめ、胸を渦巻く不安を押し殺すように陸を真っ直ぐに見つめる。

「気を悪くすると思って伝えていなかったけど、実は美玖と付き合ってすぐの頃、俺の知らないところで互いの父親同士が俺と沢渡の見合い話を進めていたんだ。もちろん俺はそれを知って、美玖と将来を見据えて付き合っていることを父に伝えて見合い話を断った。だけど、彼女の方は納得がいっていなかったみたいで今日、突然、会いに来たんだ」

陸はそう言うと、いったん窓の外に目を向け静かに息を吐いた。

私が考えていた以上に事情が複雑だったことを知り、正直、彼の前で戸惑いを隠せてはいないと思う。話を聞いて確かにいい気はしなくて、私に伝えようとしなかったのは精いっぱいの気遣いだったのだろうと理解を示したくもなった。

「彼女は俺たちが付き合っていることを知っていて、このまま俺が誠意を見せないのなら、美玖になにをするか分からないようなことをほのめかしてきた。このままではまずいと思って、職場近くのカフェで話を聞くことにしたんだ」

「……そうだったんだね」

静かに頷きながら視線を下に落とす。私の胸を支配するのは陸のことを一瞬でも疑ってしまったことによる罪悪感だ。

「今日、彼女と直接会って話して決着はついたが、でも、なにか美玖の周りで不審なことがあったらすぐに俺に言ってほしい」

彼の指先がこちらに伸びてきた気配を感じ取り、とっさに手を引っ込めた。

「……そうだよね。見合いを隠していたのは事実だし、簡単には俺のことを許せないよな」

「ち、違うの」

そういうことじゃないと言わんばかりに首を横に振りながら再び顔を上げると、切なげな瞳を浮かべる彼と目が合った。

「……実は今日、仕事が早く終わったから陸を驚かせようと、職場の近くまで行ってたの。そのときに沢渡先輩と一緒にいるところを見かけて、陸のことを疑ってしまったから申し訳なくて……本当にごめんなさい」

正直にすべての思いを話すと、陸は席から立ち上がりこちら側に回ってきて、静かに膝をつき私の両手を取った。

「美玖が謝る必要はないよ。俺が不安にさせるような言動をしてしまったのが悪いんだ。俺の方こそすまなかった」

「陸……」

「これだけは信じてほしい。美玖以上に大切な女性なんて世界中どこを探してもいないよ。心から幸せにしたいと思ってる」

曇りのない澄んだ瞳が真っ直ぐに私を見つめる。

陸の一途な思いに触れ、私の心を支配していた真っ黒くて深い霧が一瞬にして晴れていくのが分かった。

君を守るための選択

「慌てて病院に来てみれば、全然元気そうだったじゃないか」

ちょうど仕事が終わった頃、蓮からスマホに着信があった。

これは何事かと少し身構えながら通話ボタンをタップすると、祖父が緊急で蓮の勤務する病院に入院したと言われたのだ。

急いで祖父の病室を訪ねてみれば、そこには元気そうな姿があって拍子抜けするとともにほっとし、軽く世間話を出て病室を出てきたところだ。

「ん？　あれ？　ぎっくり腰で入院したって伝えなかったっけ？　じいちゃん久しぶりに孫に会えてうれしそうだったから、まぁ、いいじゃないか」

蓮が悪戯っぽく笑い俺の方を見る。

これはきっと確信犯だろう。

はぁーと溜め息を吐いてからエレベーターの方へと歩き出した。

「今から愛する美玖姫のもとへ直帰する感じ？」

「ああ。美味しい料理を作って待ってくれているからね」

思わず破顔しそうになり、ギュッと頬に力をいれ平静を装う。

「相変わらず仲がいいようでのろけ話ごちそうさま。俺は虚《むな》しく今からカップラーメンでも食べますよ」

蓮がグッと背伸びをしながら苦笑いを見せる。

「今日は当直なのか？」

「まぁね」

「そうか。頑張れよ」

「はいはい。じゃあまたね」

ナースステーションの前で蓮と別れ、ひとりエレベーターの方に向かった。

上昇してくる数字を見つめていると、ふと窓から差し込む西日が気になりそちらを見る。

と、長身で細身の男性のシルエットが目に飛び込んできてハッとした。

「樹《いつき》さん……」

思わず彼の名をつぶやいた。

「陸さん、お久しぶりです」

彼はそう言うと、穏やかな笑みを浮かべながらこちらにやって来た。隣に足を止めたということは、彼もエレベーター待ちということだろう。横に立つ彼の様子を窺ってしまうのは、あの件があるから。

彼、沢渡樹は香菜の兄にあたる人物だ。事情はよく分からないが、ふたりは腹違いの兄妹だと耳にしたことがある。

彼は父親である沢渡文隆《ふみたか》代議士の第一秘書を務める優秀な人材で、何度かパーティーなどで顔を合わせたことがあるが、挨拶を交わす程度でまともに話したことはなく、まさかここで会うとは予想外だった。

ちょうどエレベーターが到着したのでふたりで乗り込む。

「こんなところで会うとは奇遇ですね」

キリッとしたクールな瞳がこちらに向けられ、ふいに視線が交わった。

「ええ。そうですね。実は祖父がぎっくり腰になりまして、しばらく入院することになったので顔を見に来たんです。樹さんもお見舞いですか？」

俺たちが先ほどまでいた階の個室は、すべて入院患者用となっている。彼もまた誰かの見舞いに来たのではないかと推測できた。

「それは大変でしたね。早く全快して退院できるといいですね。私も……知人の見舞いに来たんです」

一瞬、躊躇いがあったように見えたが、そこには触れず笑みを返す。

「お気遣いいただきありがとうございます。樹さんもお見舞いに来られていたんですね。まさかここでお会いするとは思ってもいなかったので驚きました。あの……香菜さんの件ではあのようなことになってしまい大変申し訳なく思っております」

そこに触れないでおくのは失礼にあたると思い、静かに頭を下げた。

「その件については父の方にも直接謝罪に行かれたそうですね。陸さんは本当に律儀な方ですね。私個人の意見としては、あなたの決断は妥当だったと思いますよ」

俺の肩に手を置いた彼からふわりと爽やかな香りが漂い、ゆっくりと頭を上げる。

「妥当……？」

「ええ。あの家はいろいろと息苦しいですから」

彼は、一瞬、エレベーターの窓から見える外の景色に視線を送ってからこちらを見てきた。

「なんて思わず愚痴を零してしまいましたが、ここだけの秘密にしておいてくださいね。それでは私はここで降りるので失礼します」

樹さんは軽く口元を弓なりにし、頭を下げてからエレベーターを降りていった。

遠くなる彼の背中をぼんやりと見つめていると、静かにエレベーターのドアが閉まり再び下降が始まる。

エレベーター内に残る彼のほのかな香りには、なんとも言えない切なさが宿っているように思え、胸がギュッと苦しくなるのを感じずにはいられなかった。

「会議中に失礼いたします。木原さんの訴訟の件で、被告側の弁護士から答弁書が届きましたのでお持ちしました」

「ありがとう」

秘書からそれを受け取り、さっそく答弁書に目を通し始めた。

「やっぱり向こうは認める気も和解する気もないみたいですね。かなり強気だな」

前方の席から声が飛ぶ。そちらを見ると一緒にこの訴訟を担当している真波《まなみ》弁護士が眉を顰めていた。

「先に証拠保全の手続きをしておいて正解でしたね。カルテの開示を渋るし、ここの病院、陰で黒い交際があるって噂もありますもんね」

真波先生の言葉に、思わず深い溜め息を吐いた。

過去にも竜谷ヶ森総合病院を相手に医療訴訟が何度か起こされているが、どれも原告側が途中で断念している。原告側やその担当弁護士に、病院側から陰で度重なる嫌がらせと妨害があったようだ。この病院相手の訴訟を避ける弁護士事務所がかなりあるのが現状だ。

うちはこの界隈《かいわい》ではかなり大手と言われる事務所であるし、事務所のトップである河野《こうの》さんもいろんなところに太いパイプを持っている。へたに事務所が潰されるような圧力がかかることはないと思われるが、慎重に事を進めていきたいところだ。

「カルテを見るに、この向こう側が主張する搬送決定時刻に違和感があるように思えますね。あと出血量の記載も同じ数字が続いていて、正確な数値が記載されていないところから向こう側の主張は通らないのではないかと思います」

俺の指摘に真波先生が強く頷く。

「確かに。それに加えてSI単位の記載にも不審点が見受けられますしね。この辺りから転送義務違反と言えるかを整合していく形でしょうか」

「そうですね。もうじき協力医の恭一郎《きょういちろう》先生が来られるので、先生に助言をいただきながら十分に検討して口頭弁論に備えましょう」

審理期間が半年という訴訟がよくあるのに対し、医療訴訟においては二年以上かかることも多い。

それでもそれを知ったうえで、クライアントである木原さんは奥様の無念を晴らしたいと強く願っている。そんな彼の力になれるように、俺は弁護士として最善を尽くしていくつもりだ。

今日は深夜まで残業になりそうだ。

腹ごしらえのために事務所を出て、職場の近くにある二十四時間営業の飲食店に向かおうと横断歩道を渡り、その先にある歩道橋を駆け上がった。

ふと頭上を見上げれば、すっかり日は暮れていて夜の帳に包まれている。

美玖はもう寝ただろうか。帰ったらこっそり彼女の寝顔を見て癒《い》やされたい。

胸に込み上げてくる愛おしさに自然と笑みが零れた次の瞬間だった。

「……っ」

歩道橋の階段を下ろうとしたところ後方に人の気配を感じた。とっさに振り返ろうとしたその刹那。

「こっちを向くな。そのまま話を聞くんだ」

低めな男の声が耳に届き、言うとおりに振り向くのを止めて静かに気配を窺い始めた。声色から察するに、歳《とし》は二十代から三十代前半と言ったところだろうか。男の服から発せられる煙草の臭いが鼻を掠めた。

「分かった。話を聞こう」

背中になにかを突きつけてきたので、両手を肩付近まで上げ抵抗をする意思はないとアピールする。

「あんたが今、関わっている医療訴訟の件から手を引け」

やはり手を回してきたかと、心の中で静かに納得する。

弁護士という仕事はクライアントにとっては味方だが、相手方にとっては敵となる身。たまに逆恨みされることもある。だが、こんな風に脅しをかけてくる相手には出会ったことがない。

今までもこうやって遠回しに案件を潰してきたのだろう。でも、俺はこんな姑息《こそく》な手には屈する気はない。弁護士としてクライアントのために尽力することが俺の使命だ。そもそもこんなやり方がこれからもまかり通ってしまえば、また新たな犠牲者が生まれることは容易に推測できる。

「悪いが、こういう脅しに屈するつもりはない。法廷できちんと決着をつけたい。と、そちらの上の者に伝えておいてくれるか？」

「法廷、か。はははは っ……」

不気味な笑い声が鼓膜を震わせる。

「なにがおかしいんだ？」

男の反応は俺が予想していたものとまったく異なり、戸惑いを感じずにはいられない。

「とんでもないモンスターを敵に回してしまったことに気づきもしないなんて、哀れだと思ってな」

「とんでもないモンスター？　それはいったい……」

とっさに後方を振り返ろうとすると、強く背中を押されバランスを崩した。

ヤバい……そう思ったときにはすでに遅く、俺の身体は鈍い音を立てながら階段を転げ落ちていった。

それからどのくらい冷たいアスファルトに吸い込まれていたか分からない。

「……うっ……」

鈍い痛みが身体中を駆け巡る。

途中、強く頭を打ったせいか意識が朦朧として立ち上がりたくても動けそうになく、次第に視界が霞《かす》んでいく。ドクドクと全身の血液が音を立てるように流れていく感覚に吐き気さえもよおしそうになっていた。

「大丈夫ですか？　聞こえますか？　もうじき救急車が来ますから！」

ふいに誰かのそんな声が遠くから聞こえ、うつ伏せになった状態でわずかに視線を送る。

ちらちらと揺れるこの緑色の光は……いったい、なんなんだ……。

ああ、思考がうまく働かなくて瞼が重い。

これ以上、目を開けていられそうにない。

俺は、このまま死ぬ……のか。

「……み、く」

意識がなくなる寸前、愛おしい人の顔が思い浮かび、ひだまりのような優しい香りに包まれながら俺は真っ暗な闇に堕《お》ちていった。

＊＊＊

仕事場近くの歩道橋下で陸が意識がない状態で通行人に発見され、蓮が勤める病院に救急車で運ばれたと私に連絡が入ったのは、ちょうどお風呂に入る準備をしていたときだった。

いても立ってもいられず、すぐにタクシーで病院に向かった。

「陸の容態は？」

蓮の姿を見つけ急いで駆け寄る。

「対応に当たってくれた先生の話だと検査の結果、命に別状はないそうだ。ただ落下するときに頭を強く打ったみたいで、まだ意識が戻っていないんだ」

命に別状はないと聞いて一瞬、落ち着きを取り戻したが、まだ意識が戻らないということで気が気ではなくて顔を強張《こわば》らせた。

「どうして陸がこんな目に……。間違って階段を踏み外してしまったの？」

「だいぶ夜も更けていて人通りもほぼなかったから、今のところ目撃者も見つかってなくて詳しいことはまだ分からない。通報してくれた人も救急車が現場に駆け付けたときにはいなかったと救急隊員から聞いた。ひとまず陸の意識が回復するのを待つしかない」

蓮が深い溜め息を吐き、やりきれないと言わんばかりにギュッと拳を握りしめながら顔を歪めた。

「そっか」

そんな彼にかける言葉が見つからず床に瞳を落とす。

「美玖、陸のところに行くか？」

蓮の投げかけに身体がピクッと反応する。

もちろん陸の顔を一目でいいから見たいが、まだ意識も戻っていない状態なのに家族でもない私が出しゃばっていいのかと躊躇い、言葉がすぐには出てこない。

「目はまだ覚めてないけれど、きっと陸も美玖に会いたがってると思うから顔を見てやって」

次の瞬間、優しい声色が耳に届いた。

私を気遣ってくれての発言だろうと、心の中で感謝の念を抱きながら静かに頷いた。


深夜ということで病棟はシーンと静まり返っており、廊下にはやわらかな非常灯のオレンジ色の光がゆらゆらと揺れているだけだ。

上階にある角部屋の十畳ほどの個室。蓮に案内されその部屋に足を進めると、頭に包帯を巻かれた痛々しい陸がベッドの上にいた。

心の内側が大きく波打ち、口の中が急激に乾いてなにも言えない。

気がつくとふらふらとした足取りで陸の方に歩き出していた。

「美玖ちゃん、久しぶりだね」

「びっくりしたでしょう。夜中に突然ごめんなさいね。来てくれてありがとう」

陸のご両親の声が確かに耳には届いているのになぜか遠くに聞こえる。

ゆらゆらと視界が揺れ出したのは、突然襲ってきた眩暈《めまい》のせいだろうか。

ここで取り乱してはいけないと目を閉じて心を落ち着かせようと必死だ。

「おじさま、おばさま。ご無沙汰しております。夜分に押しかけてすみません」

気を取り直しておふたりに向かって挨拶をする。

約十年ぶりの再会は突然やって来た。彼らと顔を合わせ昔話を交わしていくうち、その年月の長さを改めて認識している。

「美玖ちゃん、先日は縁談の件でいろいろと負担をかけてしまってすまなかったね」

ふいにおじさまからそんな話を振られ、神経がビリリと感電したように震えた。

「いいえ。とんでもないです。私の方こそこのような形でのご挨拶になってしまい恐縮です」

深々と頭を下げると、おばさまが私の肩に手をかけた。

「頭を上げて。私、美玖ちゃんには感謝してるのよ」

「え？」

彼女から飛び出した思いもしない言葉に目を丸くしながら頭を上げる。宙で交わったおばさまのまなざしは、昔と変わらず優しさにあふれていた。

「陸って普段クールで感情をあまり表に出さないし内に秘めるタイプでしょう？　なんでもかんでもひとりで抱え込むから心配だったの。でも、そんな陸が、美玖ちゃんの話をするときだけは本当に穏やかな顔をしてうれしそうに笑うの。ああ、この子にもやっと心が安らぐ場所ができたんだなって思えてほっとしたの。陸の支えになってくれて本当にありがとう」

ギュッと手を握られると暗闇から救われたように光が差し込み、瞳にあふれた喜びは目尻から雫《しずく》となって頬を滑り落ちていった。

「美玖ちゃん、私たちは少し席を外すから陸と一緒にいてあげてほしい」

涙を拭っているとおじさまがそう言って椅子から立ち上がり、それに続くようにおばさまと蓮も部屋を出ていった。

部屋は静寂に包まれ、そっとベッドに近づく。

ベッド横の丸椅子に座り陸の手を握ると、彼との思い出が頭を駆け巡り始めた。映像はたった数秒だけれども、そのひとつひとつの出来事は重厚かつ濃密で、どれも私にとって大切なものに他ならない。彼の存在が私にとってこれほどに大きいものだったのだと改めて思い知らされている。

命に別状がないと言われても、陸が目を覚まして声を聞かないとやっぱり安心できそうにない。

「陸、お願い。早く目を覚まして……」

必死に彼の手を握りながらそう声をかけ続けた。

空が茜色に染まり、今日も一日が静かに終わろうとしている。

陸の病室の前で意識的に笑顔を作る練習を何度かし、気持ちを整えてからインターホンを押した。

「今日も来てくれてありがとう」

「いえ。これ陸さんの着替えです。それから彼の愛読書をいろいろ持ってきました」

「陸、よかったわね」

おばさまがベッドに横たわる陸に言葉をかけるが返答はなく、虚しい間がそっと通り過ぎていった。

あれから三日が過ぎようとしていたが、彼はいまだに目覚めていない。

それでも声は聞こえているかもしれないし、好きな音楽を流せば脳が刺激されてなにか反応してくれるかもしれないと思い、陸がよく聞いていた曲をパソコンで流したり本を音読したり、そんな試行錯誤の毎日だ。

「美玖ちゃん、よかったらどうぞ」

椅子に座り、陸に聞かせるよう音読していると、おばさまが備えつけの簡易キッチンから温かい紅茶を淹れて持ってきてくれて、サイドテーブルの上にカップを置いた。

「いただきます」

一口飲めばダージリンの優しい香りが口いっぱいに広がり、心がほんのりと温かくなった気がする。

「温かいものを身体にいれるとほっとします」

「ええ、そうね」

隣に腰を下ろしたおばさまと目を合わせて微笑む。

「この会話も聞こえているのかしら？」

カップをソーサーに戻しながらおばさまが陸を見つめる。

「この子が目を覚ましたら伝えたいことがあるの」

「伝えたいこと？」

ふいに彼女を見ると、その表情には切なさが宿っているように見えた。

「ええ。今は主人と仲よくやっているけれど、昔はお互いに心に余裕がなく言い争いが耐えなくて、そのときに陸を置いて家を出ていったことがあったの。それから陸が変わってしまった気がして。私に甘えてくれることはなかったし、いつも見えない距離を感じてた。ずっと謝りたかったけれど、怖くて口にできなかったの」

「おばさま……」

予想外のカミングアウトにうまい返答が見つからず、黙って彼女の横顔を見つめていた。

「こんな風になるまで伝えられずにいたけど、目が覚めたらきちんと謝りたいの。それから愛してるって伝えたい。今さら、受け入れてもらえるかは分からないけれど」

「陸ならきっと分かってくれると思います。ぜひ伝えてあげてください」

それは紛れもない私の本音だった。きっと優しい陸なら、おばさまの思いを受け入れてくれる気がした。

「そう言ってくれてありがとう」

彼女はわずかに口元を弓なりにしながらそう言うと、愛おしげに息子を見つめ、そっと頭を撫で上げた。

「私、そろそろ帰りますね」

頃合いを見て私は椅子から立ち上がった。

「仕事帰りで疲れている中長く足止めしてしまってごめんなさい。美玖ちゃん、休めるときに心身を休めてね」

おばさまの方がきっと私以上に心労があるだろう。それでも、自分のことよりも誰かを気遣ってくれる彼女の優しさに、陸と接しているような、そんな感覚を抱いた。

「ありがとうございます。おばさまもご無理なさらないでくださいね」

軽く頭を下げてから一瞬、陸の方に視線を送り、心の中で〝明日も来るからね〟と、そっとつぶやいたそのときだった。

「……んっ……うっ……」

小さくうなり声を上げ指先が動いたように見え、思わずおばさまと顔を見合わせ彼のもとへとふたりで駆け寄る。

「り、陸、聞こえる?」

陸の手を握りそう呼びかけながらナースコールを鳴らした。

「陸、お母さんよ。聞こえてる?」

ふたりで必死に呼びかけること数秒。陸の瞼がゆっくりと開いたことに安堵の感情を覚え、へなへなと床に座り込んだ。

「よかった……」

おばさまが彼の頬に手を当てながら微笑む。

それからすぐに担当医と蓮が病室へとやって来た。

「どれだけ人を心配させるんだよ」

蓮がベッドから離れたところに立って少し乱暴気味にそんなことを吐く。でも言葉とは裏腹に、彼の表情にはうれしさが深く滲んでいるように思えた。

「三橋さん、聞こえますか？　ここは病院です。三日前に歩道橋から転落してここに運ばれたんですよ」

担当医が陸にゆっくりと声をかけるが、彼はどこか困惑の表情を浮かべているように見え、なにも発しようとはしない。

「いつまでそうやって黙ってるつもり？　美玖だって陸を心配して毎日ここに来てくれてたんだからお礼のひと言でも伝えたらどう？」

蓮がそう投げかけても陸は黙ったままだ。

「あの……」

陸が怯《おび》えたような目つきで私たちひとりひとりに瞳を向け始めたことに違和感を覚え、心の中にぞわぞわと黒い雨雲が広がっていった。

「……すみませんが、あなた方はどちら様ですか？」

次の瞬間、ベッドの上に横たわる陸が発した言葉にその場にいる誰もが息を呑んだ。

「俺たちはおまえの家族だろ？　美玖は陸の恋人で……」

蓮の声が震えているのはきっと動揺からだろう。

「家族？　恋人？」

蓮の発言を信じられないと言わんばかりに陸が驚いたように目を見開いた。

「陸……なにも覚えてないのか？」

普段、めったに取り乱さない蓮もさすがに戸惑いを隠せないようで、陸の腕を掴み彼の瞳を真っ直ぐに見つめながら声を荒らげる。

陸が目を覚ましほっとしたのもつかの間、彼は転落事故の衝撃で頭を打ち〝記憶がない〟という残酷な現実を突きつけられている。

突然、落雷に打たれたような衝撃が身体を走り唖然と立ち尽くす。陸をただただ黙って見つめることしかできないことがもどかしくまた悔しくもあった。

「すみませんが……いくら考えてもやっぱり分からないんです」

とどめのように発せられた言葉に、なにかが私の中で崩れていく気がした。

淀《よど》んだ沼に両足をすくわれ必死にもがくような感覚に襲われながら、蓮とともに病室を出てエレベーターへと乗り込んだ。

「美玖、大丈夫か？」

エレベーターが下降し始めるなか、ぼんやりと窓からの景色を眺めていると、横から声がして意識がそちらに動く。

「……うん。大丈夫」

そう答えたものの、本当は不安とショックで気がおかしくなりそうだ。

「蓮こそ大丈夫？」

「驚いてはいるけど、現実を受け入れるしかないと思ってる」

蓮の切なげな瞳に心が痛む。

目を覚ました陸を医師が診察した結果、頭を強く打ったために一時的な記憶障害に陥ったのではないかという診断を受けた。

私たちのことだけじゃなく、自分の名前や生い立ちまでも忘れていた陸。

知能面では異常がなく、一般的な生活を営む基本的な所作は覚えていた。だから、日常生活を送る上では支障はないようだけれども、やっぱり忘れられていたことは悲しい。

「まぁ、そのうち記憶が戻るかもしれないし、あんまり思いつめずにいこう」

「うん。そうだね」

蓮の言葉に強く頷き、ギュッと拳を握りしめた。

翌週、陸は病院を退院した。

今は仕事を休職し自宅療養という形を取っている。身体の方は順調に回復し痛みなどはないようだが、相変わらず記憶は戻っていない。

「冷蔵庫にお昼ごはんがあるから食べてね」

「美玖さん、ありがとうございます。仕事気をつけていってきてくださいね」

「……いってきます」

リビングでそんな会話を交わし玄関にひとり向かう。

ここに今あるのは、私と付き合っていたことを覚えてはいない陸との、奇妙な同居生活だ。このまま一緒に生活を続けていいのだろうか、そんな葛藤もあった。

でも、陸のご両親と蓮の説得もあって、私はここで一緒に生活する選択をした。

ここに戻ってきた日、蓮が陸に生い立ちや家族のこと。そして、陸と私の関係性などを根気強く説明してくれたが、彼は私に対してとっても他人行儀だ。『さん』付けで呼ぶし敬語で話してくる。

突然遠くなってしまった陸との距離に切なさがないと言えば嘘になるが、ここでくよくよしていてもなにも始まらないことを理解している。

彼の記憶が戻ることを信じて今は私ができることをしよう。

陸には今までたくさん支えてもらったから、今度は私が支える番なのだと改めて決意し力強く歩き出した。


「三橋先生の調子はどう？」

「うん。身体の方はもう完全に回復してるけど、まだ記憶は戻ってなくて」

「そっか」

その日、私は仕事終わりに久しぶりに涼音と会っていた。

住宅街にひっそりと佇む隠れ家的なスペインバル。鮮やかな赤の外観とは対照的に店内は間接照明に照らされ落ち着いた雰囲気だ。

半円形のカウンターがひとつ、そして四人ほどが座れるテーブル席が六つあり、私たちは窓際のテーブル席へと腰を下ろしメニュー表を見て料理をいくつか頼んだ。

しばらく近況報告をしていると、続々と料理が運ばれてきて涼音が小皿に料理を取り分け始めた。

「まずは料理が冷めないうちに食べよう」

「うん、そうだね」

熱々の鉄板からは激しく湯気が上がる。魚介のうま味が溶け込んでいるであろうサフランライスの上には、ムール貝や海老《えび》、イカなどの大きめな魚介類の他に、ごろっとした鶏肉《とりにく》とレモンが綺麗に盛りつけられており食欲をそそられた。

「パエリア、魚介の濃厚な風味が最高だね」

「このおこげのところもたまらない。こっちのガスパチョとイベリコ豚の生ハムもすごく美味しいから美玖も食べてみて」

「本当だ。すごく美味しい」

涼音に促され、あれこれと頬張ってみれば自然と頬が緩む。

思えば陸のことが気がかりでずっと家と職場の往復ばかりの生活を送っていたが、涼音に誘われて久々に食事をしてみれば、いい気分転換になって気持ちが少し軽くなった気がする。

「あのね、実は……」

「ん?」

ひととおり料理を食べ終え、ちょうど店員さんがデザートを運んできて席を離れた直後、涼音がどこかそわそわと落ち着かない様子で話を切り出したことに、これはどうしたものかと彼女の言葉の続きを待つ。

「美玖に伝えるか悩んだけれど、一応伝えておこうと思って」

涼音の真剣なまなざしが私を捉える。

「改まっちゃってどうしたの？　なにか深刻な話？」

なんとも言えない緊張感から心臓が早鐘を打ち始め、手に持つフォークを皿の縁に静かに置いてじっと彼女を見つめ返す。

「事務所で先生方が話してるのを聞いたんだけど、三橋先生のあの事故の件で差出人不明の封書が事務所宛てに届いたみたいなの」

「え？」

蓮やご両親からそんな話は聞いてはいなかったので、大きく動揺してしまい顔を強張らせた。

「その封筒の中に文書と数枚の写真が入っていたみたいなんだけど……三橋先生は階段を自ら踏み外したんじゃなくて、誰かに突き落とされた可能性が出てきたの」

「つ、突き落とされた可能性？」

思わず眉を顰め、ハッと息を呑んだ。

「夜だったし暗くて送られてきたその現場写真も遠くで撮られた感じで、真偽はまだ分からないけど」

陸は人に恨まれるようなことをする人じゃない。それなのにどうしてそんな目に遭ってしまったのだろうか。そもそも誰がそんなものを送りつけてきたのだろう。

「その封書を送ってきた人が事故現場を見ていたってことだよね？　どうして名乗り出ないんだろう？」

疑問を口にすると、涼音の顔色が一瞬、曇ったように見えた。

「私が思うに……これを送ってきたのは通報してくれた人だと思うの。救急車が到着したときにはもういなかったって聞いたから、きっと名乗り出られない事情があってこういうやり方でアクションを起こしたんじゃないかなって」

状況から推測するに、確かに涼音の推測はあながち間違っていないように思え静かに何度も頷いた。

「三橋先生ね、ここ最近、ある医療訴訟案件を担当していたの」

「医療訴訟案件？」

悶々と考え込んでいると、再び涼音が口を開き意識がそちらに動いた。

「うん。守秘義務があるからあまり詳しくは言えないんだけど、その相手方の病院ってあまりいい噂を聞かないところでね。訴訟が起こされる度に、圧力をかけてもみ消すような行為を過去に何度もしてきたみたいで。今回も三橋先生の転落事故に絡んでいるんじゃないかって、みんなが噂してる」

「そう、なんだ……」

まさかの事態に動悸が収まらない。喉が異様に渇き、とっさに赤ワインのグラスに手を伸ばし一気に体内に流し込んだ。

「これからどんな風に展開していくか分からないし、なにより三橋先生の記憶が戻ってないからなんとも言えないけど、一応、美玖には話しておいた方がいいと思って」

「……話してくれてありがとう」

そう答えたものの、涼音の声が遠く聞こえ、手と足がすくむような不安と恐怖にじわりじわりと侵食されていくのが分かった。


帰宅後も一向に気持ちは落ち着かず、重い溜め息ばかりついている。

陸にさりげなく聞いてみようかとも考えたが、尋ねることで彼に余計なストレスを与えてしまうのではないか、そんな思いもあって躊躇ってしまっている。

「美玖さん、どうかしましたか？」

「え？」

「なんだか元気がないように見えて……」

乾燥機から取り出した洗濯物をリビングで畳んでいると、陸がやって来て心配そうに私の顔を覗き込んできた。

「なんでもない。元気だよ」

やはり今の状態の陸に本当のことは言えない。

とっさにごまかして必死に口角を上げてみる。

「ならいいんですが……」

目の前に腰を下ろした陸が洗濯物を畳み出すのが見えた。

「私がやるから陸はゆっくりしてていいよ」

「ふたりでやった方が早いですし、美玖さんは外で働いているわけですから。家にいる俺ができることはやります」

陸は手を止めることなく洗濯物を畳み続ける。

私が仕事に行っている間、陸は掃除をしてくれたり、いろいろ自分ができることを率先してやってくれている。

「美玖さんにはお世話になってばかりで申し訳なく思ってます」

「そんなことないよ。陸だっていろいろしてくれてるよ？」

「美玖さんは優しいですね」

陸が切なげな顔をこちらに向ける。そのまなざしはなにか言いたげにも見え、瞳を逸らすことができなくてしばらく見つめ合ったまま静寂が流れた。

「あの……正直に言うと、記憶は一向に戻らないし美玖さんの重荷になっていないかすごく心配です。いっそのこと、同棲を解消した方があなたのためなのかもしれないとか考えたりもしました」

突如、沈黙は破られ彼が思わぬことを口にしたことに動揺を隠せず、睫毛を瞬かせた。

「……そんな風に思ってたの？」

「はい。でも……あの」

陸は躊躇いがちに瞳を伏せ、ギュッと拳を握ってうつむく。

「陸、どうしたの？　ちゃんと言ってほしい」

彼の方に歩み寄り顔を覗き込むと、再び宙で視線が絡み合った。

「美玖さんと一緒にいたいと心が叫ぶんです……なんて言われても困るかもしれませんが、早く記憶が戻るように努力しますから。これからも俺と一緒にいてもらえませんか？」

真っ直ぐな瞳が私を捉えて離さない。

陸に忘れられたことが正直ショックで、ずっともやもやしていたのは事実だ。彼があまりに他人行儀で何度も心が折れそうにもなった。

でも、今、陸が本能的に私を求めてくれていることを知って、すべての葛藤を忘れてしまうくらいに心が震えている。

「美玖さん、泣いてるんですか？　困らせることを言ってしまったなら謝ります」

「ううん。違うの。私、すごくうれしくて……」

「うれしい？」

私が発した言葉は陸にとって予想外の感情だったのだろう。彼は戸惑ったように瞬きを繰り返す。

「私ね、陸の気持ちがずっと分からなくて不安だったの。私のこと『さん』付けで呼ぶし、いつも口を開けば敬語だし。こんなにも近くにいるのに心はすごく遠くにあるみたいでずっと寂しかった。でも、今、記憶がなくても本能的に私を求めてくれていたことを知ってすごくうれしくて……涙が止まらないの」

「いろいろ悩ませてしまってすみません。あの……」

遠慮気味に彼の指先が私の頬に伸びてきたが、触れる寸前で手が止まる。

「陸？」

「……美玖さんに触れていいですか？　今、すごくあなたのことを抱きしめたくて気持ちが抑えられません。正直に言うと、ここに来てからこういう思いに駆られることが何度かありました」

頬を赤らめながら困ったように笑う陸が愛おしく思え、彼の背中にそっと両腕を回した。

「私も陸にたくさん触れたいし、抱きしめてほしいって……ずっと、ずっと思ってた」

それは決して言ってはいけないことだと思っていた。

記憶がない彼にそれを求めることは困らせることでしかないと、ずっと自分の気持ちに蓋をして過ごしてきたのだ。

「それは……うれしいです。美玖さんとこうしていると気持ちが落ち着きます」

陸が私の背中に手を回してくれたことに気づき、久しぶりに包まれた温もりにますます涙腺が緩み、春が訪れたように心が満たされていく。

「美玖さん……あの……」

彼が抱きしめる腕を少し緩め、私の顔を見つめてくる。

「これからは……美玖って呼んでほしい。敬語もできれば、やめてほしい……かも」

「……できるだけ努力します。あ、言ってるそばからこれではダメで……だね」

照れ笑いを浮かべる陸と瞳が交われば自然と口元が緩んだ。

しばらく笑い合っていると、陸の指先が私の頬に伸びてきてトクンと心臓が高鳴った。

「退院してからずっと胸の中で渦巻いていたこの感情の意味が、やっと今、分かった気がします。俺は……美玖のことが好き、です」

気づけば陸の顔が間近に迫り、唇が静かに重なる。一度触れ合ってしまえば、もう歯止めが利かなくて呼吸をするのも惜しいほどに彼を求めずにはいられない。

「美玖……」

唇を触れ合わせながら何度も彼が私の名を呼ぶ。

一瞬、記憶がすべて戻ったんじゃないかと錯覚を起こしそうになる。

でも、今は記憶があるとかないとか、そんなことはどうでもいい。

今の陸が私を好きと言ってくれているのだからそれ以上は望まない。

私たちは濃厚なキスを交わしながら、ゆっくりと互いの体温を交じり合わせていった。

「もっと、深く美玖を感じたい」

情熱的な瞳が降ってきて、熱く汗ばんだ掌《てのひら》が私の手に重ねられる。

「……っ、あっ……」

ゆっくりと身体に刻まれる律動は痺れるようなあの感覚をもたらしてきて、すぐにでも達してしまいそうになる。結合部からは溶けたチョコレートのようなとろとろとした蜜がとめどなくあふれ、淫らな音が部屋に響き渡っていた。

「好きだよ、美玖……」

「私も、陸が……好き」

想いを確かめるように固く手を絡め、互いの身体を貪るように激しく求め合い続けた。

そして、どちらともなく唇を重ねた直後、身体の芯で熱いものが揺らめくのを感じ、力が抜けたように身を預ける彼の背中にそっと手を回すと、目尻から幸福の涙が零れ落ちていった。


それから数週間が過ぎ、夏の盛りはいつの間にか過ぎ去っていた。吹く風に涼しさが感じられ、木の葉をそよそよと攫《さら》っていく。

今日から陸は仕事復帰する予定だ。

エピソード記憶障害的な症状が出ているものの、弁護士としての業務内容は覚えていて仕事をすることは可能なようだ。すぐに案件を担当することは無理なようだが、体調のことを考慮しながら徐々に復帰していくそうだ。

「じゃあ行ってくるよ」

玄関先で久しぶりのスーツ姿を見て心が高揚し、自然と目がくぎ付けになってしまう。

「俺の顔になにかついてる？」

陸が首を傾げながら私を見つめてくるので、少し曲がっていたネクタイを直してあげてから再び瞳を絡ませた。

「陸のスーツ姿をしっかり目に焼き付けたくて。やっぱりカッコいいなって見惚《みと》れてたの」

「そうなの？　それを言うなら美玖の方がいつだってどんな表情をしていたってかわいいけどね」

陸が口元を弓なりにしながらおでこにキスを落とす。

こんな風なやり取りがまたできるなんて思いもしなかった。これが夢だと言うならば、もう永遠に覚めないでほしい。

「離れるのが名残惜しいけど、行ってくるよ。美玖も仕事頑張ってね」

「うん。陸も無理はしないでね。気をつけていってらっしゃい」

陸は家に迎えに来てくれた三橋家の運転手さんが運転する車に乗り込んで、事務所へと向かった。しばらくは家と会社まで送迎してもらうことになっている。

陸も仕事復帰することになり、少しずつもとの生活に戻り始めていることにうれしさを感じずにはいられない。

だけど、あの日、涼音に聞いた話はまだ彼には聞けていない状況だ。

蓮はこのことを知っているのだろうか、頭にはそんな疑問が浮かぶ。

でもまだ真偽は分からない状態であるし、教えてくれた涼音の立場を考えれば、蓮にこのことを確かめることを躊躇ってしまう。もし話が大きくなってしまったら彼女に迷惑がかかるかもしれない。

また陸が襲われることがあったら……そう思うと不安になることもあるが、そもそも陸は記憶を失っており、今回のことでその医療訴訟の担当からは外れている。

涼音が言っていることが真実だとすれば、案件に関与しなくなった彼が襲われる可能性は低いように思われる。送迎もあるしひとりになることはほぼないから、大丈夫だと信じて前に進んでいくしかない。

どうか今日の一歩が、陸にとって好機となりますように……。

そう願わずにはいられない。


「成瀬さん」

少しずつ、物事がいい方向に動き始めた矢先のこと。

──私の前にそれは訪れた。

仕事の帰り道。最寄り駅方面に歩き出すと、ふいに名前を呼ばれた。そちらを向くとそこには思わぬ人物がいて、身体を硬直させながら息を呑んだ。

「沢渡先輩……」

どうしてここに彼女がいるのだろう。

どうやって私の職場を調べたのだろうか。

急になんとも言えない恐怖が押しよせてきて、顔を強張らせた。

「そんなに怯えなくてもいいじゃない。よっぽど私のことが嫌いなのね」

「いえ、そういうわけでは……ないです」

必死に否定するが正直彼女のことは苦手だ。見合い話の件もあるし、高校時代にキツく責められたこともあったから。

なにより沢渡先輩にあのとき身を引くように言われたのに、結局は今、陸と一緒にいるという、そこを突かれるのが怖くてあからさまに彼女から距離を取ろうとしている。できれば一刻も早くこの場を離れたいのが本音だ。

「陸の転落事故について少しお話しできないかしら？」

どうして先輩がその話を知っているのだろう。そして、陸の件を私と話したいという彼女の目的はいったい……。頭の中をたくさんの疑問が駆け巡る。

「その件に関しては沢渡先輩とお話しする理由が私の中で見当たりません。申し訳ないですが、用事があるので失礼します」

「陸はやっぱり成瀬さんといると不幸になるだけね」

話を切り上げようとした矢先、彼女が私の言葉を遮るように口を開き、ひりひりとした空気感が辺りを包みこんでいく。

「そんなこと、あなたに決められたくないです」

平静を装いたいのに、つい声が荒ぶる。感情的になったら沢渡先輩の思うつぼなのに、気持ちが抑えられそうにない。

「どんなに強がってもあなたに陸は救えない」

ぎていく。
その場に響いた容赦ない言葉に心臓が激しく打ち鳴らされ、頬を冷たい風が通り過ぎていく。

彼女は髪を掻き上げながら私の足のつま先から頭のてっぺんまで品定めするようにゆっくりと見回してから、フッと小ばかにするような笑みを口元に湛えた。

「無知なあなたに教えてあげるわ。あの転落事故には、彼が抱えていた医療訴訟の案件が絡んでるの。相手側の病院から相当な圧力がかかっていたようだけど、彼の事務所はそれに屈しなかった。それで結果的に陸があんな目に遭ったのよ。でも、私がそばについていたらこうはならなかったと断言できるわ」

彼女はさもすべてを見てきたかのように詳細に経緯を語り、そして自信ありげに真っ赤な口元を弓なりにしながら冷酷な瞳をこちらに向ける。

「どうしてそう言い切れるんですか？」

絶望的な憂鬱に呑み込まれ、胃がキリキリと痛み出し穴が開くような気さえする。

「うちの父は政財界の有力者よ。いろんなところに太いパイプがある。政治家も警察も、そして医者も忖度《そんたく》が働く世界なのよ。だからうちの父がバックについているとなれば、病院側もむやみに陸には手を出してはこなかった。もし手を出せば、その後、いろいろと支障が出ることは容易に推測できる。ちなみに今回の件、私がお願いしたらうちの父がすぐに裏でいろいろ動いてくれたの。それであの医療訴訟案件は表向き病院側が折れる形で決着するみたいよ」

「……」

彼女が言っていることがすべて真実かは分からない。それでも、彼の転落事故の裏には、一般人の私ではどうすることもできないほどの大きな力が働いていることは確かなのだと感じずにはいられず、胸の疼きは増していくばかりだ。

「この先、また同じことが陸の身に起きたとして、なんの力もない美玖さんが彼を救うことができるの？」

陸のことを好きな気持ちは絶対に負けてはいない。だけど、それだけじゃ彼を支えてあげられない。むしろ私は陸に今も甘えてしまっているのだと思い知り、勝ち誇ったような彼女の顔を見ていられなくて、とっさにうつむいた。

「あのときも忠告してあげたのに、いつになっても自分の立場を弁《わきま》えないバカな女ね。今回の件で今度こそ分かったでしょう？　陸のためを思うなら彼の前から今すぐに消えて！」

心臓をギュッと鷲掴《わしづか》みされた思いがした。

なにもかもが彼女の言うとおりで、ぐうの音も出ない。言葉が鋭いナイフのように胸の奥に刺さり、瞬きをした瞬間、耐えていた涙が静かに地面に落ちていった。

こつこつという、彼女が鳴らすピンヒールの音が遠ざかっていく。無様な私を見てさぞかし満足だろう。

絶望に打ちひしがれる敗者の私はしばらくその場から動くことができず、冷たい秋風だけが惨めな私のそばを離れずにいた。


「……久しぶりの仕事はどうだった？」

必死に口角を上げて陸の顔を見つめる。

沢渡先輩とのやり取りのあと、あの場から動けずにいた私だったが、陸からの着信でハッと我に返りその電話に出た。

なかなか帰宅しない私を心配して連絡をくれたようだった。変になにかを勘ぐられたくなくて急いでマンションに戻り、陸が頼んでくれていたケータリング料理を食べながら平静を装っていた。

「新鮮だったし楽しかったよ。みんないろいろと気を遣ってくれて申し訳ないくらいだったけど」

「そっか。ならよかった……」

陸の表情はいつもよりいきいきとしているように見えるが、私の心は複雑だ。

素直に彼の仕事復帰を喜びきれないのは、沢渡先輩の存在があるからだろう。

あまり食欲がなく箸がなかなか進まない。ぼんやりとテーブルに並ぶ料理を眺めながら静かに息を吐いた。

「美玖、なんだか顔色が優れないように見えるけど大丈夫？」

「え？　そう？」

たった数分、いや数秒さえ自分を取り繕うことができていないことがもどかしい。

私はこの先、どう陸と接していけばいいのだろう……。

「ここまでこられたのは美玖の存在があったからだよ」

「え？　私はなにもしてないよ」

思わぬ言葉に思いきり首を横に振る。心は今にも張り裂けそうだ。

「美玖が献身的に支えてくれたおかげで、今の俺がいるんだ。ありがとう」

陸が優しく微笑みながらこちら側にやって来て、そっと背後から包みこむように腕を回してきた。

〝ありがとう〟だなんて言わないで、と心の中でつぶやく。

私と一緒にいなければ見合いの話が進んで、彼はこんな目に遭わずに済んだのかもしれない。

陸に抱きしめられることが、今日はとてつもなく虚しくて辛い。彼の腕に手を回せないのは胸を襲う罪悪感のせいだ。

陸のことが好き。

だからこそ……彼のそばにいてはいけない、強くそう思った。

そして、私はこの一週間後。置き手紙と彼からもらった指輪を残して陸のもとを去った。

手紙に気づいた彼からすぐに着信があったけれど、私はその電話には出なかった。

ただメールで〝ごめんなさい。捜さないでください〟とだけ返した。その後も陸から何度か連絡があったが無視を続け、すべてを断ち切るためにスマホの番号を変えた。

それですべてが終わったのだと思った。

だけど、話はここで終わらなかった。

人生は時に残酷で、驚きと選択の連続なのだということを。

そして、欲と憎悪にまみれた人間の恐ろしい側面を。

私はのちに知ることになる。

愛くるしい天使に癒やされて

晴れた空から穏やかな陽の光が差し込む。庭先には鮮やかな菜の花が咲き始め、新しい季節の到来を感じさせてくれる。

陸のもとを去って三年半が過ぎようとしている。彼とは一度も会っていない。

あれから私もいろいろと環境の変化があり、気づけば今年三十路《みそじ》突入だ。

「これ、ママ？」

「うん。ママが幼稚園の頃の写真だよ」

「ママ、かわいいね」

息子の大地《だいち》がアルバムを覗き込みながらニコリと微笑む。

その日、ちょうど仕事が休みだった私は、息子とともに実家を訪れていた。

ちょうど母親が納屋の掃除をしていて、そこにあったアルバムの写真を見て大地があれこれと聞いてくる。今年三歳になる息子は好奇心旺盛でわんぱく盛り。そんな大地に振り回される日々を送っている。

「ママのとなり、だぁれ？」

「ん？　あ、えっと……」

　思わず言葉に詰まってしまい、それと同時に胸の奥を疼かせた。小さな手が一枚の写真に止まり、愛くるしい大きな瞳がこちらに向けられる。

　大地はなにも知らないはずなのに、どうしてこの写真なのだろう。これは彼の本能がそうさせているのかもと思わずにはいられない。

「それはママのお友達の陸くん。陸くんの隣に写っているのが蓮くんっていうの。ふたりは双子なのよ」

　一緒にその場にいた母がアルバムを覗き込み、大地にそう説明する。

「おともだち？　ふたご？」

「うん、そうなの。ママのお友達なのよ」

　自分でも分かるくらいに顔の筋肉がぴくぴくと震え、頬を必死に上げているのが分かる。

「懐かしいわね。陸くんと蓮くん、今頃どうしてるかしらね。美玖、連絡とか取ってないの？」

「……取ってないよ」

　母の方を見られなくて、とっさに目に入ったアルバムを手に取り段ボールの中へとしまい込んだ。

「あら、そうなの。きっとふたりともイケメンに成長しているに違いないわね」

「……そう、かもね」

懸命に平静を装ってそう答え、目の前にちょこんと座りアルバムを眺め続ける大地のやわらかい髪に触れる。

きっとこの先、誰にも本当のことは言えない。

〝この写真に写っている人は大地のパパだよ〟なんて言えるはずがない。

あの日、陸のもとを去ったあと、私は事情を涼音に打ち明けた。そして住むところを確保するまでという条件で彼女のマンションに住ませてもらうことになり、それから少しして妊娠していることに気がついた。

どうしてもお腹の子を産みたい。そう強く思い、東京ではひとりで育てるのが難しいと考え、実家に戻る決意をした。そして、後任に引継ぎを終えたタイミングで仕事を辞め、両親を説得して大地を産んだ。

今は実家近くのアパートで息子とふたりで暮らしていて、私自身はウエディング関連の会社でシェフとして働いている。

人生の選択に後悔はしていない。だけど、陸にそっくりな大地を見ていると、彼の温もりが恋しくなるときがある。

陸は今、幸せに暮らしているだろうか。あのあと沢渡先輩と一緒になったのかな。すでにかわいい子供なんかいたりして……なんて、もう私には関係のないことだ。

もう考えるのはやめようと無理やり思考を停止させ、行き場を失った切なさを吐き出すように溜め息を吐いた。


「ママ～！　おちゅかれさま～！」

「ただいま、いい子にしてた？」

「うん！　だいち、いいこしてたよ」

仕事終わりに保育園に迎えに行くと、私の姿を見つけた息子が胸めがけて走ってきた。しゃがみこみ抱きしめると、興奮気味に今日あったことを話し出す。

大地は天真爛漫でとってもおしゃべり好きだ。私は相槌《あいづち》を打ちながら話に耳を傾け、頭を優しく撫で上げた。

大地がうれしそうにふっくらとした頬を緩ませる。息子は天使としか言いようがないくらいに愛おしい存在だ。

「ママ、おはなきれい」

「うん。綺麗だね。桜、満開だね」

「まんかい！」

楽しげに桜を見つめる息子を見ていると、こちらまで自然と笑顔になる。

「今度のお休みにお弁当を持ってお花見に行こうか。屋台で大地が好きなチョコバナナクレープといちご飴《あめ》を買おう」

「うん！　いく～！」

大地が楽しげにその場でピョンピョンとジャンプする。その愛らしい姿に思わず口元を緩ませながら、我が子を胸元へと抱き上げた。

「東谷《ひがしたに》様、ここからはお式の料理プランについての打ち合わせということで、お式当日お料理を作らせていただく成瀬が担当しますので、どうぞよろしくお願いいたします」

打ち合わせ室に呼ばれ中に入ると、武智代表が椅子から立ち上がり東谷様に私を紹介してから部屋を出ていった。

武智代表は、私の高校の同級生である武智雄大、その人だ。

話せばいろいろと長くなるが、私は今、彼のもとで働かせてもらっている。

「成瀬と申します。どうぞよろしくお願いいたします」

東谷ご夫妻に深々と頭を下げてから名刺を両手で差し出し、椅子に腰を下ろした。

「私、成瀬さんに料理を担当していただきたかったので、すごくうれしいです。実は以前、私の親友がこちらで結婚式を挙げたんですけど、〝ふたりの軌跡をたどる料理〟っていうのが本当に心に残っていて。すごくいいお式だったので、私もここで式を挙げたいと思ったんです！」

新婦様が目を輝かせながらこちらを見てくる。朗らかで優しい雰囲気の女性で、場が一気に和んでいく。

「そう言っていただけてとても光栄です。真心を込めて作らせていただきたいと思います。ご希望はおふたりが出会われた『海』と、ご両親への感謝をテーマとしたお料理ということでしたよね？」

「はい」

以前おふたりに書いてもらったアンケートを目の前に広げ、話を進めていく。

「こちらを見て検討したのですが、締めのデザートは海を意識した爽やかなデザインに。またメイン料理の肉と魚、それぞれをおふたりのご両親の出身地の特産を組み合わせて提供する形はいかがでしょうか？　たとえばですが、ご新婦様のお父様のご出身が三重《みえ》県ということなので松阪《まつさか》牛を、お母様のご出身が石川《いしかわ》県の加賀《かが》ということで加賀野菜を。そのおふたつを組み合わせて一皿を作るなどとすれば、素敵かなと思いまして……」

「それいいですね。じゃあ魚料理の方は主人のご両親の出身地のものを組み合わせて作る感じにしたら、お互いの両親に喜んでもらえそう」

新婦様が愛おしげに隣に座る新郎様に視線を送る。目が合うと微笑み合い仲のよさが伝わってくる光景に、こちらまで温かい気持ちになれた。

「ではメインはそのような形でいきましょうか。じゃあ次に前菜についてですが……」

打ち合わせは最後まで終始和やかで笑いが絶えなかった。

東谷様を見送り、打ち合わせ表に目を置く。

おふたりの思いやりがたくさん詰まった料理プランを見て、どうかお式がふたりにとって思い出深いものになりますようにと心から願わずにはいられない。

〝世界にひとつの、特別なウエディング〟をコンセプトとした完全オーダー式の結婚式場「ティアラマリアベール」。ここが私の現在の職場で、私は料理部門を担当している。

今、注目度が集まっている少人数ウエディング。人数が少ないからこそ式に呼んだ大切な方たち、ひとりひとりと交流できるし自由度が高い。

好きを詰め込める、それがうちの会社の最大の売りである。

「東谷さんとの打ち合わせ盛り上がってたな？」

事務室に戻ると、武智代表が声をかけてきた。

「ご提示したプランを奥様が大変喜んでくださって。次の打ち合わせでは料理の完成イメージ図を見てもらう予定です」

「他の従業員も出払ってるしそれにお客様の前じゃないんだから、その敬語やめろよ」

「会社ではそういうわけにはいかないです」

「そういうところが真面目な美玖らしいな」

雄大くんは苦笑いを見せながらパソコンを開いて作業を始めた。

彼は都内に二店舗、他にも神奈川《かながわ》や千葉《ちば》、そして二年前に地元のここ茨城にも新店舗を構えた、やり手の経営者だ。週に何度かこうやって彼は各店舗の見回りに来る。

雄大くんと再会したのは大地を産んで一年が経った頃。高校時代の友達に誘われ久しぶりに同窓会に参加した時に顔を合わせた。

そのときに互いの近況を少し話して、それがきっかけでこの会社で働かせてもらうことになったという流れだ。

ここで働き始めて仕事にやりがいを感じている。あのとき声をかけてくれた雄大くんには感謝してもしきれない。


その日は早く仕事を終え、余裕で大地の保育園の迎え時間に間に合いそうだった。いつもよりも気持ち的な余裕があり、ゆっくりと帰り支度をし夕飯の買い出しに行ってから迎えに行こうと考えていたところ、雄大くんに声をかけられ足を止めた。

「今日もお疲れ様でした。あ、これ東京土産。大地くんと食べて」

「お疲れ様でした。ありがとうございます」

軽く頭を下げてから紙袋を受け取った。

「俺も今日はもう仕事上がったし、お互いもう業務外なのでその敬語止めてもらえますかね？」

雄大くんがクスリと笑い私を見る。

「……分かった。今から東京に戻るの？」

「いいや。明日は休みだから今日はこっちに残って実家に泊まっていくつもり」

「そうなんだ。ゆっくり身体を休めてね」

「あー、せっかくだからこのあと一緒にご飯にでも行く？　大地くんも一緒に」

予期せぬ誘いに言葉を詰まらせ彼を見上げた。

雄大くんは私がシングルマザーなのを知っている。年に何度か開かれる職場の交流会に息子を連れて行ったこともあるのでふたりは直接会ってもいる。そのときに雄大くんが大地を気にかけていろいろ話しかけてくれて、息子がすごくはしゃいでいたことを思い出す。

「実は明日、朝から保育園行事があるから今日は早く大地を寝かせたくて」

雄大くんと話をしていると、鞄の中のスマホが震え、意識がそちらに持っていかれた。

「電話出たら？」

なかなか鳴りやまない着信に雄大くんがそう言ってくれたので、彼と少し距離を取ってから電話に出た。

『お仕事中にお電話をしてすみません。大地くんの担任の小酒井《こさかい》です』

「いつもお世話になっております。大地になにかありましたか？」

息子が通う保育園の担任の先生からの電話で、なにかあったのかと少し身構えながら言葉を返す。

『実は、大地くんお昼寝を終えて起きた辺りから具合を悪そうにしていたので、体温を測ってみたら熱がありまして』

「え？　何度くらいですか？」

大地は過去に熱性けいれんを起こし夜中に救急車で運ばれたことがあるので、つい過敏になってしまい、心が一気に落ち着かなくなってしまった。

『それが三十九度近いんです。今からお迎えに来ていただくことはできますか？』

「三十九度……。今すぐ迎えに行きます」

電話を切り、慌てて店の出口に向かおうとしたそのときだった。

「なにかあったのか？」

私のただならぬ様子が気になったのか、雄大くんが声をかけてきて後を追ってきた。

「保育園からの電話で大地が高熱を出したみたいなの。今から迎えに行ってそのまま医者に連れて行くつもり」

「高熱って……。なら俺の車で保育園まで送ってく」

「え？」

申し出に思わず足を止め、彼の方を見た。

「その方が早い。なにより具合が悪い大地くんを自転車に乗せるのは厳しいだろ？　今からだと開いてる病院もないから、夜間外来とかに行くことになるだろうし。駅裏の総合病院に向かうなら車の方が絶対いい」

「でも……」

「でもじゃない。困ったときはお互い様だろ。ほら、行くぞ」

雄大くんが私の手を取って駐車場に向かい出す。

申し訳ないと思いながらも彼の強引さに負け、送ってもらうことにした。


雄大くんの車で大地を迎えに行き、この時間帯でも診療をしている市の総合病院の夜間外来へと連れて来てもらった。

思いのほか診察を待っている患者がいて、ここに来てすでに一時間くらいは経っただろうか。

大地の診察までもう当分かかりそうなので、雄大くんには先に帰ってもらうことにした。帰りは実家の両親に連絡をして迎えに来てもらうつもりだ。

待合室のソファーに座り、大地を膝の上に寝かせながら身体を摩《さす》り診察の順番を待っていた。身体が熱くすごく機嫌が悪い。いつも以上に甘えた声を出し私にしがみついてくる状態だ。

「大地、もう少しでお医者さんに診てもらえるからね」

「ママ～、ママ……グスンッ」

脱水症状にならないように先ほど購入した経口補水液のペットボトルをこまめに飲ませる。大地の様子に変化がないか慎重に見守っているとふいに名前を呼ばれ、ぐったりする息子を抱っこして診察室の中へと足を進めた。

「どうぞ、そこの椅子にお座りください」

看護師に促され丸椅子に腰を下ろそうとすると、奥のカーテンから青いスクラブを来た長身の男性医師がやって来たことに気づき、そちらに視線が流れる。

「……っ」

次の瞬間、目に飛び込んできた光景に思わず固まった。

鈍器で殴られたような衝撃とはまさにこういうことを言うのだろう。

とてもじゃないが、冷静でいられなくて高速な瞬きを繰り返す。

「……どうぞお座りください」

「は、はい……。失礼します」

私と同じくらいに彼が動揺を見せたのは、向こうにとってもこれは予期せぬ再会だったからに違いない。

都内の病院に勤務していたはずなのに、どうしてここに蓮がいるのだろう。頭を駆け巡るその疑問を口にする勇気はなくて、彼の胸元にあるネームプレートを黙って見つめる。

「夕方くらいから高熱が出たそうですね」

「あ、はい……」

私が事前に書いた問診票を見ながら蓮が尋ねてきたことでハッと我に返り頷いた。

「他に気になる症状とかはありますか？」

「えっと、少し鼻詰まりと鼻水があります。あとはすごく苦しそうにしていて」

「分かりました。ちょっと息子さんの胸の音を聴かせてもらいたいので、こちらのベッドに寝かせてもいいですか？」

指示されたようにベッドに息子を寝かせると、大地は不安げに私の服を握って離そうとしなくて戸惑う。

「大地くん、怖いことはしないから安心して。ママにも隣にいてもらうからね」

蓮が微笑みながら大地の頭を優しく撫で上げた。

「ちょっとお胸の音を聴くためにこれを当てさせてもらうね」

怖くはないと感じたからか、大地は彼の方をじっと見ながらコクンと頷いてみせた。聴診器を当てる蓮はすごく真剣な表情をしていて、そこには私が知っている彼の姿は微塵《みじん》もない。戸惑いと感心と、様々な感情を抱きながら静かに診察をする姿を見つめていた。

「心臓の音に異常はないので息苦しそうにしているのは熱のせいだと思われます。お薬を出しておきますが、だいぶしんどそうなのでひとまず点滴をしてそれから帰宅していただく形を取りたいと思います。あと……問診票に以前、熱性けいれんを起こし入院された旨の記載がありますが、座薬はまだお家にありますか?」

蓮は穏やかな口調でそう言って私を真っ直ぐに見つめてくる。少しばかり瞳が揺れてしまうのはきっと仕方がないことだ。こんな形で彼が医師として働く姿を見るとは思いもしなかったが、物腰がやわらかく診察も丁寧でいいお医者さんだと感じていた。

「あと数個しかないので、できれば新しくいただきたいです」

「じゃあそれも追加で出しておきますね」

「……はい。お願いします」

「じゃあ点滴の準備ができ次第、看護師が待合室に呼びに行くのでそちらでお待ちください」

「分かりました」

頭を下げてから大地を胸に抱き上げて立ち上がり待合室に向かった。

処置室の個室のベッドで点滴を受け始めると、少し身体が楽になったのか大地はすやすやと眠り始め、すうすうという小さな寝息が聞こえてくる。

蓮は大地を見てどう思っただろう。

陸にそっくりだから、もしかしたら勘付いてしまったかな。息子の身体を摩りながら頭を駆け巡る不安は大きくなる一方だ。

あのとき黙っていきなり姿を消した私のことを蓮は……そして陸もよくは思っていないだろう。もしかしたら恨んでいるかもしれないが、今さら本当のことは言えない。

このまま何事もなかったように時が過ぎ去ることを祈りたい。そう思いながら大地の手をギュッと握りしめたそのときだった。

ドアをノックする音が聞こえ我に返り、返事をすれば思わぬ人物が顔を出した。

「雄大くん……どうして」

そこには帰ったはずの彼がいて我知らず目を丸くする。

「大地くんのことが心配でさ、お節介だと思いながらも車で待ってたんだ。様子を見に来たら診察が終わって処置室にいるって聞いて。美玖、まだ夕飯なにも食べてないだろ？　よかったらこれ」

気を利かして近くのコンビニで買ってきてくれたのだろう。こちらに差し出された袋の中には、お茶のペットボトルとおにぎりが入っていた。

「ありがとう。あ、よかったらそこに座って」

「うん。ところで大地くんの体調は？」

ベッド横の椅子に腰を沈めながら彼がそう尋ねてくる。

「うん。点滴を受けてからだいぶ楽になったみたいで今はぐっすり寝てる」

「そっか。それはよかった。ひとまず美玖もなにか腹にいれときな」

雄大くんが安心したように笑い、大地に優しい瞳を向けた。

「仕事で疲れている中、迷惑をかけてごめんね」

こんな遅い時間まで付き合わせてしまったことが申し訳なくて、とっさに謝罪の言葉を口にした。

「迷惑だなんて思ってない。むしろもっと頼ってほしいくらいなんだけどな」

そう答える彼の瞳がどこか切なげに見えるのは気のせいだろうか。様子が気になりお茶を飲みながらちらちらと窺う。

「今でも十分すぎるくらい雄大くんにはお世話になりっぱなしで、本当に感謝しかないよ。今度お礼させて」

「じゃあ大地くんが元気になったら三人で食事に行ってくれる？」

彼は大地の頭を撫でてから、こちらに優しいまなざしを向けてきた。

「こんなときにあれだけど……俺にとって美玖は特別な人だからそばにいて支えてあげたいし、大地くんのことも大切にしたいって心から思ってる」

鈍感な私でも彼の発言の意味が痛いくらいに分かってしまい、瞳を瞬かせながら彼を見つめる。どう返事をすれば彼を傷つけずに済むだろう。頭はそんなことで支配されていて、すぐに言葉が出てこなくてしばらく押し黙ってしまった。

「その……気持ちはうれしいけど、私は……」

「うん、美玖の気持ちは分かってる。でも、俺、待つから。ゆっくり考えてみてくれないか」

雄大くんが遠慮気味に私の頬に手を置き、切なげにそうつぶやいた。

「だいちね、きょう、おうた、じょうずにうたえたよ」

「そうなの？　それはすごいね」

「おどりも、できたの」

体調がすっかり回復し元気いっぱいの大地がうれしそうに頬を緩ませる。

「お家に帰ったらママにも見せてね」

「うん！」

仕事帰りに保育園に大地を迎えに行き、アパートまで手を繋いで歩いていた。

あの日、雄大くんの想いを知り、これからどういう感じで彼と接すればいいかと悩んだ一週間あまり。考えれば考えるほど、胸の奥底にしまい込んだはずの陸への想いが疼くのを感じ、それが答えなのだと悟った。

仕事場で雄大くんと顔を合わせたときに『気持ちには応えられない』と正直に気持ちを伝えたところ、彼はそれを受け入れてくれた。その後は今までと変わらずに接してくれているので気まずくならずに済んでいる。

一方で、蓮とも思わぬ再会を果たすことになったわけだが、もともと東京を離れてすぐにスマホの番号を変えたので彼は私の番号を知らない。だから向こうから連絡がくることはないだろうと思っている。

「ママ～、きょうのごはんなぁに？」

「今日は、大地が好きなミートソースだよ」

「わぁーい！　はやくおうちかえろう」

食いしん坊の大地は今日の夕飯が自分の好物だと知ってすこぶる機嫌がよく、歩く速度が自然と上がっていく。

この子が隣にいてくれれば他になにも望まない。

愛らしい我が子を見て愛おしさが込み上げてきて、ほんのりと口元を綻ばせた。

「美玖！」

それはちょうどアパートの近くにある桜並木が見えてきて、大地とお花見の話で盛り上がっていたときだった。ふいに名前を呼ばれ前方に意識が流れると、車から降りてきたひとりの人物と目が合った。

「どうして……ここにいるの？」

「大地くんの体調が気になってたんだ。それに美玖と一度、きちんと話したいと思ったから」

戸惑う私とは対照的に、蓮は悠然とこちらに足を進めてくる。

今日は仕事が休みだったのだろうか。春の訪れを連想させるような淡い水色の薄手のロングシャツにベージュのデニム、そして白のスニーカーといったカジュアルな服装の彼がそこにいる。

「大地は……もう元気。息子を診てもらったことには感謝してるけど、私はなにも話す気はないから」

目の前に立つ彼に突き放すようにそう言い、すぐに顔を背けた。

「そんなに警戒しないで。別に美玖を困らせたいわけじゃないんだ。ただ……」

「ママ、このおにいちゃんだぁれ？」

蓮の言葉を遮ったのは、それまでじっと私たちのやり取りを見ていた大地だった。

「熱はすっかり下がったみたいだね。元気になってよかった」

蓮がゆっくりとしゃがみこみ、大地の顔を覗きながら優しく頭に手を置く。

「あっ！　せんせい！」

どうやら顔を覚えていたようで、大地が顔色を明るくしながら微笑んだ。

「だいち、げんき！　ありがとう」

「どういたしまして。大地くんはかわいいね。美玖と違ってとっても素直だ。誰に似たんだろうね？」

ふいにこちらに視線が流れ、なにもかも見透かしているようなその瞳に心臓がどよめいた。

「今からふたりで話がしたい」

思わず後ずさりしそうになっていると、急に立ち上がった蓮が私の耳元でそう囁き、とっさに彼の方を向いた。

もう隠しきることはできないのかもしれない。

私の中で必死に塗り固めた平穏が崩れる音がしたその瞬間、近くの桜並木から飛んできたピンク色の風が激しく吹き荒れた。


実家の両親に大地を預け蓮の車に渋々乗り込むと、彼はゆっくりと車を走らせ始めた。車内にはしっとりとした洋楽のＢＧＭが流れていて、どちらとも口を開くことなくとても静かで重々しい雰囲気だ。

窓の外をぼんやりと見つめているとすっかり辺りは暗くなり、街灯の明かりがゆらゆらと揺らめき始めたことに気づく。

「店よりも車で話した方が、周りの目も気にならないしいいよね？」

蓮はそう言うと、実家から少し離れたところにある海浜公園の駐車場に車を停《と》めてからシートベルトを外し、ゆっくりと助手席に座る私に視線を送ってきた。

「まさかこんな形で再会するとはね」

蓮が静かに息を吐き、一瞬フロントガラスの方に目を向ける。

「どうしてあの病院にいたの？　向こうで働いていたんじゃ……」

蓮の綺麗な横顔に投げかけると、こちらに彼のまなざしが流れてきて宙で瞳が交わった。

「あそこは俺が勤める病院の系列なんだ。医師の人手が足りなくて、数か月前から月の半分をこっちで診療に当たってる」

「そうだったんだ」

まさかその月半分がたまたま当たってしまうなんて……。

これは神様の悪戯なのだろうか、と思わず天を仰いだ。

「いきなりこんな手段を取って悪かった。でも、あのとき急に俺たちの前からいなくなってスマホの番号も変えて音信不通。こうでもしないと美玖と話せないと思ったんだ」

蓮の切なげな声に胸が締め付けられる思いがした。

「……あのときは、いきなり姿を消して心配かけてごめんなさい」

罪悪感から彼の方を見ることができず、深々と頭を下げてから助手席の窓の外に目を向けた。

「いったいあのときなにがあったんだ？　陸の職場の美玖の友達にいくら聞いても事

情も行き先も知らないって、口を割らなくて困ったよ」

「……」

友達とは涼音のことだろう。彼女にもいろいろと迷惑をかけてしまったようだ。涼音にだけはすべてを告げてからこっちに戻ってきた。でも、陸にはなにも言わないでほしいと頼みこんでいたので、その約束を守ってくれていたみたいだということをこんな形で知った。

「大地くんの父親って……陸でしょ？」

唐突な蓮の言葉に胸の内にさざ波が立ち、肩をピクッと小さく震わせた。

「ち、違うから」

とっさに彼の方を向いて否定したのは、これ以上この話に突っ込まれたくはなかったから。

「じゃあこの前、病室で告白してきた彼が大地くんのパパになるわけ？」

「聞いてたの？」

思わず目を見開くと蓮が苦笑いを浮かべた。

「処置室を訪れたら、中から会話が聞こえてきて偶然聞いてしまったんだよね。彼、すごく誠実そうだったね。彼と付き合う気でいるとか？」

「……蓮には関係ないことだよ」

余計なことを口走るのが怖くてあえてそう言って蓮を突き放し、胸の疼きを一旦落ち着かせようと膝の上で両拳をギュッと握ってから目を閉じた。

「じゃあ話を戻そうか。カルテで見た大地くんの生年月日から推測するに、彼は美玖と陸が付き合っている期間にできた子だと思われるんだけど。曲がったことが嫌いで不器用な美玖が二股交際なんてできるはずがない。だとすれば、大地くんの父親が陸だということは明白だよね」

「……っ」

蓮は追及の手を緩めようとはしない。

車内の空気に激しい動揺が伝わってしまうのではないか、そう思うくらいに心臓が激しく打ち鳴らされた。

「違うと言うならDNA鑑定でもして俺を納得させて。そもそも別に陸の子じゃないなら、陸に子供がいることがバレたっていいよね？」

「それは……」

しばらくだんまりを決め込んでいた私だが、蓮の予想外の言動に反応せずにはいられず、首を横に振りながら彼の方を見た。

「な、なにするつもり？」

蓮が胸ポケットからスマホを手に取り、通話ボタンを押すのが見え唖然とする。とっさに手を伸ばし、半ば強引に切ボタンをタップした。

「……やっぱり陸の子なんだね」

絡まった彼の目には怒りと切なさが入り混じっているように見え、こんな表情をさせてしまっている現実に胸が痛む。

私がしたことは間違いだったのだろうか、一瞬、そんな思いさえ抱いてしまうほどだ。そして、ひとつの顔が鮮明に頭に浮かんだ。

「……陸、元気にしてる？　記憶は戻った？」

ずっとこの三年半、彼のことが気がかりだった。唯一、陸に繋がる涼音にも聞けなかったし、彼女も私の気持ちを思ってか会ってもその話をすることはなかった。

それでも、こんな風に陸の名が出て彼の顔を鮮明に頭に思い浮かべてしまったら、胸の奥でずっと封じ込めてきた想いがあふれて聞かずにはいられなかった。

「まだ記憶は戻っていないけど、弁護士として頑張ってるよ」

「そっか。弁護士を続けているんだね。よかった……本当に、よかった……」

陸の近況を知ってほっとして、視界がじんわりと滲み身体を震わせた。今にも声を上げて泣き出してしまいそうで、それを抑えようと手で口元を覆いギュッと力を込めてうつむく。

「いまだに陸のことを想っているくせに、なんであのとき突然いなくなったんだよ？」

「だって、こうすることでしか……陸のことを……守れないと思ったの」

想いを口にしてしまえば、ぶわっと抑え込んでいた感情が一気に爆発して、私は子供のように声を上げて泣き出してしまっていた。

＊＊＊

「休みの日に蓮が俺のところを訪ねてくるなんて珍しいね。どうかしたの？」

陸が冷茶のグラスをふたつテーブルの上に置いてから、静かに俺の前の席に腰を下ろした。

美玖に会いに行ったあの日、俺はすべての真相を聞いた。

沢渡香菜。

美玖が突然、陸の前から姿を消した裏には彼女の存在があったことに愕然《がくぜん》とした。

あれから数日、冷静になって考えたが、今でも互いに強く惹《ひ》かれ合っているであろう陸と美玖をこのままの状態にしておくことはできないと強く思ったのだ。

「向こうの病院での仕事は順調？」

「ああ。うまくやってるよ」

グラスを手にしながらどう話を切り出そうかと、そのタイミングを見計らっていた。

「陸の方こそどうなんだよ？　記憶はあれから戻ってたりする？」

「……断片的には思い出すときはあるけれど、どうなんだろうね」

陸はまるで他人事のようにそうつぶやいて切なげに笑う。そして行き場をなくした瞳をテーブル横のニッチにある小さな観葉植物に向けた。

「いつまでそうやってるつもり？」

つい口調が強くなってしまったのは、胸に湧き起こってしまった苛立ちのせいだ。

「なんでそんなにイライラしてるの？　俺の記憶が戻ろうが戻るまいが、蓮が怒ることではないだろ？」

陸が怪訝な顔をし溜め息を吐いた瞬間、俺の中でなにかが音を立てて壊れていった気がした。

「陸は明らかに記憶を取り戻すことから逃げてるよね？　俺はそんなの絶対に許さないから！」

思わず陸の胸に手が伸び、このままでは殴ってしまいそうな勢いだ。

美玖は陸のことを思って身を引き、ひとりでなにもかも抱え込んで内緒で子供を産んで必死に育てているというのに……陸は立ち止まったままなにをしてるんだよ。

今にも頂点に達しそうな怒りを静めようと、ギッと奥歯を噛みしめたその刹那。

「……ああ。そうだ。蓮が言うように俺は記憶を取り戻したくない。すべて思い出してしまったら……美玖への想いがあふれて抑えられなくなるのが目に見えるから」

悲痛な叫びが俺の鼓膜に届き、ハッとして胸元から手を離した。

「陸、おまえ……」

「美玖は俺に愛想を尽かして出ていってしまったけれど、俺はいまだに彼女のことが忘れられない。胸が締め付けられるくらいにくらい愛おしくてたまらないんだ」

自虐的な笑みを浮かべる彼の瞳からとめどなく涙があふれる。こんな感情を剥き出しにする姿を見たことがなくて言葉を失った。

陸は昔から冷静沈着でいつもクールで取り乱すことがなかった。そんなやつが人目を憚らず泣いている。

あれからずっと澄ました顔して淡々としていて。美玖のことなんかもう気にしてないって様子でスマートに仕事をこなしていたくせに。

いや、そう見せていただけなんだろうな。

本当のところは、いまだにこんなにも美玖のことを……。

「バカ兄貴」

こんなにも不器用で一途な純愛を、誰かが引き裂いていいわけがないだろ。

今、はっきりとどうすべきか答えが出た気がして、胸元のポケットからスマホを取り出しある人物にメールを打って送信ボタンをタップした。


翌日、見上げれば雲ひとつない真っ青な空が広がっていて、運転席に座る俺の心も次第に高揚感に包まれていく。

東京を出て二時間あまり。ふたりでこんなにも長くドライブをしたことなんてもちろんない。もっと重苦しい雰囲気になるかと思ったが、兄弟という間柄だからなのか車内に度々訪れる沈黙もあまり気にはならないと感じる。

「どこに連れて行くつもりなの？」

後部座席に座り雑誌を読んでいた陸が、静かに口を開いた。

「……俺さ、茨城の病院に来てからとっておきの場所を見つけたんだ」

「とっておきの場所？」

陸が雑誌を閉じ、興味深げに俺の方を見てくる。

「うん。そこに行けば陸もきっと変われる気がするんだ。だから今から連れて行ってあげようかと」

俺がミラー越しにそう言うと、陸は少し困ったように笑い窓の外に瞳を向けた。

目の前には広大なネモフィラの絨毯が広がり、青い空とのコラボレーションは圧巻だ。今日は天気がいいこともあり、多くの家族連れやカップルで賑《にぎ》わっている。

「蓮のとっておきの場所ってここなの?」

「うん。少し前に職場の懇親会で近くのバーベキュー場に来てここを知った。すごく圧巻でしょ?」

クッと口角を上げながら横を見ると、陸はどこか安らいだ顔をしてネモフィラ畑を真っ直ぐに見つめていた。

「確かにこれは目を奪われる。そういえば、何度か俺を連れて都内のネモフィラ畑にも連れて行ってくれたよな」

陸はそう言うと、再度ゆっくりと辺りを見回し始めた。

「男同士で来てるやつなんてざっと見た感じ俺らしかいない。しかも兄弟でなんて周りからどう見られているんだろう」

　陸が苦い表情をしながらこちらにチラッと視線を送る。

「俺だって本当はかわいい彼女と来たかったよ」

「彼女なんてここしばらくいないんだから、それは叶《かな》わない夢だろ」

「なっ……」

　思わず言い返そうとすると、陸がフッと笑い目を閉じた。

「ここにいると、日々の喧騒《けんそう》を忘れて温かくて優しい気持ちになれる気がする」

　陸が思いきり息を吸い込んでからゆっくりと瞳を開け、青い空を見上げた。

　心が穏やかになるのはきっと、本能ってやつなのかもしれない。

　彼にとってネモフィラ畑は大切な場所で、だからそこに行けば陸が少しは記憶を取り戻すかもしれない。そんな可能性を信じて俺は何度も都内のあの場所へと連れて行ったのだ。

「向こうの方にさ、いろいろ出店もあるんだ。腹ごしらえしない？」

「ああ。そうしようか」

　ゆっくりと陸をある場所に誘導していく。

　珍しく俺が緊張しているのは、陸がそこでどんな反応を見せるか想像がつかなくて不安な思いがあるからだ。

これはある意味、一《いち》か八《ばち》かの勝負に近い。それでも、もうこれ以上、大切な人たちが苦しむ姿を見たくはない。

だから……。

「あっち側のネモフィラ畑は今日明日が見頃らしいよ。ほら、あのベンチがあるらへん」

陸がある一点を見つめ、大きく瞳を開きながら足を止めた。

どうやらきらきらと輝く一番星を見つけたらしい。

俺が仕掛けたこととは言え、こんなにも多くの人がいる中ですぐに見つけてしまうとは。どれだけおまえは美玖のことが好きなんだよと、心の中で感嘆しながら兄の横顔を黙って見つめる。

「どうかした?」

なんて素知らぬ顔をして陸の様子を窺う俺は、ちょっと性格が悪いのかもしれない。

そう思うとフッと笑いが漏れた。

「あそこにいるのは美玖と神楽さん? いや、人違いだよな。まさかこんなところに彼女がいるわけ……」

「あれは本物の美玖だよ」

「え？　本物……？」

陸が強い衝撃を受けたのは明らかで、唇を開けたまま硬直し高速な瞬きを繰り返しながら俺を見る。

「うん。神楽さんに頼みこんでここに誘導してもらった。美玖は俺たちがここにいることを知らないけどね。実は少し前に美玖と再会してさ、突然いなくなった経緯《いきさつ》も聞いたんだ」

「そう、だったのか……」

陸が頷きながらゆっくりと目を閉じた。

きっといろんな葛藤や戸惑いがあって、それを静かに自分の中で消化させようとしているのだと思い、しばらく俺は黙り込んだ。

耳には周りの観光客の楽しげな声が入ってきて、頬を撫でるような心地いい風が吹き抜けていく。

それにしても絶好の再会日和だな。

青い空のもと、満開に咲き誇るネモフィラを見てふとそんなことを思った。

「久しぶりに美玖を見たご感想は？」

瞳を開けた陸にそう尋ねる。

「……相変わらず天使みたいにかわいい」

美玖を見つめる瞳は、心なしか潤んでいるように感じる。

しばらくその場で遠目から美玖たちをじっと見つめていた陸が、ふーっと静かに息を吐いてから口を開いた。

「美玖に会わせてくれてありがとう」

「気分はどう？」

「……すごくいい。まるであのときみたいに」

陸がふわりと微笑み、穏やかなまなざしをこちらに向ける。

「あのとき？」

「うん。昔、ネモフィラ畑で美玖が作ってくれたオムライスを初めて食べたときのようにすごく優しい気持ちになれてる」

その言葉は俺の中でずっと待ちわびていたもので、胸の奥がじーんと熱くなり思わず涙が流れそうになる。

「……陸、思い出したんだね」

「ああ。全部、全部……思い出した。どうしてこんなにも愛おしくて大切な思い出を今の今まで忘れてしまっていたんだろう。本当に俺は……どうしようもないくらいの大バカ野郎だ」

水色の優しい風が揺れるその場所で、すべての想いを吐き出すように陸は声を上げて泣き崩れた。


「いきなり取り乱して悪かった」

「別にいいって。クールでなにを考えているか分からない陸より、俺は感情を露わにするおまえの方が好きかも」

「……そっか」

陸の表情は実に晴れやかだ。

落ち着きを取り戻した兄に、俺は美玖からこの前聞いた空白の三年半のことを包み隠さず伝えた。もちろんその中には今日、この場にいない大地くんのことも含まれている。

俺の口から伝えるべきか迷ったが、記憶を取り戻しこれから現実と向き合っていかなければいけない彼には知る権利があると思った。

それを知った兄の瞳には動揺が色濃く満ちていた。

だが、陸はすぐに表情を変え、美玖たちを真っ直ぐに見つめ出した。喜怒哀楽どれにも属さない、感情の読めないその様には少し不気味さささえを感じてしまう。

「陸、あのさ……」

胸の騒めきを感じ、陸に声をかけたそのときだった。

「こんな俺を受け入れてくれるかは分からないけれど、すべて決着したら必ずふたりのことを迎えに行く。だからそれまでは……美玖たちには会えない」

陸が遮るように口を開き、思わぬ宣言をしたことに俺は驚きを隠せなかった。

「……決着ってなんだよ？」

とっさにそう聞き返すと、強いまなざしが俺を射貫き心臓が激しく打ち鳴らされた。

「俺から大切なものを奪った、あの転落事故の真相を暴いてすべてを終わらせる。それが美玖たちと平穏に過ごせる方法だと思うから」

陸はそう言い放つと、美玖たちに背を向けてゆっくりと歩き出した。

それぞれの思惑の果て

蓮から美玖がいなくなった真相、そして彼女の現状を聞いて俺の中に衝撃が走ったのは言うまでもない。あのとき美玖は俺のことを思って身を引き、しかも俺の子を産んでひとりで育てていたなんて想像もしなかった現実がここにある。

ネモフィラ畑で記憶を取り戻したあの日、すぐにでも美玖のもとに駆け寄っていきたかった。だがそれではまた同じことを繰り返すだろうし、なにも解決はしない。

あの転落事故のことをもう一度思い返してみても、いろいろとひっかかる部分が多い。あのとき俺は誰かに突き落とされたが、背中を押される直前、その犯人は意味深なことを言っていた。モンスターとはいったい誰を指すのだろう。

病院側の関係者か？

いや、脅しをかけるとしてもあんなリスクのある、あからさまな行動をするだろうか。それに通報してくれた方も、救急車が現場に駆け付けたときにはすでにその場にいなかったと聞いた。それから事務所に送られてきた匿名の封書。

分からないことだらけだが、美玖との再会のためにはこの事件を解決させて彼女たちの身の安全を保証しなければいけない。

俺はその日、車である場所に向かっていた。

渋谷《しぶや》駅前のスクランブル交差点を過ぎて文化村《ぶんかむら》通りを少し進むと、喧騒から離れた落ち着いた雰囲気のある松濤《しょうとう》の街並みが広がった。この辺りは高級住宅街と言われ、緑豊かな大きな公園や美術館、ギャラリーなどが点在している。

その一角にある四方を高い塀で囲まれた大きな邸宅の広い駐車場に車を停め、手入れの行き届いた庭を抜けてその家のインターホンを押した。

「あなたの方から会いに来てくれるなんてうれしいわ。ここで立ち話もなんだから中へどうぞ」

口元を弓なりにし上機嫌で俺を迎えたのは沢渡香菜だ。

胸元がざっくり開いたロイヤルブルーのロングワンピースに真っ赤な口紅と煌びやかな指先のネイル。服装も態度も派手でまさに彼女の自己顕示欲の強さが表れている。

渡り廊下の先にある応接間に通され、使用人の女性が紅茶とお菓子をテーブルに置き部屋を出ていった。それを見計らい彼女が口を開く。

「記憶が戻ったそうね。おめでとう」

香菜が艶やかなロングの黒髪を掻き上げながら足を組み、テーブルのティーカップに手を伸ばす。

「これはいったいどういうつもりなんだ？」

数日前、家に届いた封筒の中身を目の前のテーブルにわざと乱暴に置き、彼女に非難の目を向けた。

「あなたの記憶がやっと戻ったから話を進めようと思って。気が短い私が陸のためにここまで待ってあげたのよ？」

俺の態度にもまったく怯む様子がない彼女はティーカップをソーサーに戻すと、どこかうれしそうに俺に送りつけてきた結婚式場のパンフレットの山をペラペラと捲《めく》り出した。

「いい加減にしてくれ。俺は君と結婚する気はないと伝えたはずだ」

俺への執着はいまだに続いていた。そしてそれは、日を増すごとに常軌を逸していっている気がする。

「ええ、そうね。でも、あなたはあの医療過誤の案件で選択を誤り、うちの父に大きな貸しを作ってしまったわけよね」

「どういう意味だ？」

思わず眉根を細めながら香菜を見る。

「そもそも父は縁談話を断られたことをよくは思っていなかった。でも、私が父に頼みこんだの。あなたの家とは代々お付き合いがあったから父はその情けをかけてあげて裏で病院側に掛け合い、示談の方向に話を持っていってくれて事が丸く収まったのよ。それがなければ陸も、クライアントも、そして、あなたのお父様の事務所もどうなっていたかしらね？」

ニヤリと悪魔のように微笑む彼女。背筋が凍る思いがして身体を固まらせた。

「全部あなたが変な正義感を振りかざして首を突っ込んだのが悪いのよ。あの病院は多くのセレブを抱えている。大物議員や警察官僚、はたまたよくテレビで見かける著名人。どこにでも探られたくない黒い秘密はある。それらを敵に回せば多方面からしわ寄せがくるのは分かっていたことでしょう？」

確かにあの病院を相手にすることのリスクは理解していた。だが、あそこまでの妨害をするとは予想しておらず、それは俺の落ち度だと認めざるを得ない。そう思うと反論できず、グッと奥歯を噛みしめながら彼女に鋭い目を向けることしかできなかった。

「それにプラスしてうちの父に目をつけられれば、あなたのお父様が経営する法律事務所の立場も危うくなる。だってこの世界は権力がすべてで、忖度で成り立っているんだもの。いい加減、悪あがきはやめて私のものになりなさい」

唖然とする俺の横に彼女が足を進めてきて、頬に手を伸ばしてくるのが見えた。胸を巡るのはぞっとするような嫌悪感、ただそれだけだ。

「……悪いが、俺は諦めの悪い男だから君の思い通りにはさせない。今日はこれで失礼する」

「ふふっ。諦めの悪い男は嫌いじゃないわ。でももう、あなたの力じゃ未来は変えられない」

勝ち誇ったような笑みを浮かべる香菜を見て思わず顔を顰めた。

「諦めない限り、結末は最後までどうなるか分からない」

頬に当てられた手を払いのけ、俺は立ち上がりその部屋を後にした。

渡り廊下を歩き玄関に向かう。

心臓はいまだにドクドクと波打っていて収まることを知らない。さっき彼女から聞いた事柄が頭の中を激しくループする。

確かに縁談話を断られ、プライドが高い沢渡議員が激怒するのは分かる。だが、いくら昔からの付き合いがあり娘の香菜の頼みだとは言え、あの医療過誤案件で俺を助けるようなことをするだろうか。あの人ならば俺の破滅を願うはずだ。

それなのに沢渡議員が陰で動いた理由があるとすれば、あの病院のことで探られたくないなにかがあったのではないか、そんな推測が頭の中に浮かんだ矢先のこと。

「陸さん、お久しぶりですね。うちになにか用だったんですか？　あ、父にでも呼び出されましたか？」

廊下の途中にある部屋から出てきた、ひとりの人物に声をかけられ意識がそちらに動いた。

「樹さん……お久しぶりです。ご在宅中とは知らずご挨拶もせずに申し訳ありませんでした。香菜さんとお話しがあってお時間をいただいたんですが、もうお暇するところです」

部屋から出てきたのはスーツ姿の沢渡樹だった。彼との再会は祖父の見舞い帰り、病院のエレベーターで鉢合わせしたとき以来だ。

「いえいえ。先ほど仕事場から戻ってきたところだったんです」

「そうだったんですね」

香菜との話を聞かれたのではないかと内心そわそわとしていたが、樹さんはそれに触れることなく穏やかに微笑む。

「ええ。あ、そういえば記憶が戻られたとか。よかったですね」

「あ、はい。……私、このあと所用があるのでそろそろ失礼します」

一刻も早くこの場を離れようと、タイミングを見て話を切り出した。

「そうですか。それでは玄関までお送りしますね」

樹さんが俺の前に立ち玄関まで誘導しようと歩き始めたそのときだった。

鼻を掠めた、彼から放たれるひだまりのような優しい香りにドクンと心臓が跳ね上がり思わず足を止めた。

この香りは……。

「どうかされましたか？」

足を止めた俺に気づき、樹さんが不思議そうにこちらを振り向いた。

「……いえ。なんでもありません」

平静を装いそう答えた俺の視線が彼の胸元のネクタイピンに伸びた瞬間、俺の中でひとつの鮮明な記憶が蘇り、大きな確信を得た気がした。


木々が青々と茂り、街中は間近に迫った大型連休のせいか高揚感に包まれているように思える。執務室の窓からぼんやりと眼下に広がる景色を眺めていると、部屋にノック音が響いた。

「失礼いたします。三橋先生宛てに封書が届いたので持ってきたのですが……」

神楽さんが封書を差し出してきたが、どこか戸惑っているように見え、どうしたものかと彼女の方へと足を進めていった。

「差出人の記載がないのでどうされますか？　開封しないでこちらで処分することもできますが」

戸惑いはここから来ていたのかと静かに納得する。

「お気遣いをありがとう。こちらで見て自分で対応するからデスクに置いてくれますか？」

「はい。かしこまりました」

彼女はデスクに封筒を置いてドアの方に向かっていく。

「あの、神楽さん！」

思わず声をかけると、彼女は驚いたようにこちらを振り向いて足を止めた。

「なんでしょうか？」

「お礼をまだきちんと伝えていなかったから。あの日、美玖をあの場所に連れて来てくれてありがとう」

「いえいえ。親友には誰よりも幸せになってほしいですから。早く美玖と大地くんを迎えにいってあげてくださいね」

彼女はそう言うと、穏やかに笑い部屋を出ていった。

神楽さんが出ていった直後、デスクに置かれた封筒を手に取った。触った感じだと刃物などの危険物は入っていないようだ。

慎重に封筒を開封すると、中に入っていた写真と資料を見て瞠目《どうもく》した。

中に入っていたのは沢渡議員とあの医療訴訟の被告側の病院長が料亭で談笑する写真。また沢渡議員と、そして数年前、建設関連の賄賂疑惑でマスコミに取り沙汰されていた前国土交通大臣の野木沢議員がアタッシュケースに入った札束を前に酒をかわす写真だ。それとともに被告側の病院で行われたと思われる手術記録のコピーが数枚入っていた。

「これは、いったい……」

黒い陰謀が渦巻いているのは確かで、パンドラの箱を開けてしまったような感覚に襲われ心臓がドドッと打ち鳴った。頭を巡るたくさんの推測にキャパオーバーしそうな勢いだ。

ひとまず冷静になろうと静かに深呼吸をしたのち、デスクの上のスマホに手を伸ばしある番号に電話をかけた。

「恭一郎先生、今日はお時間を取っていただきありがとうございます。ご自宅まで押しかけてすみません」

「三橋先生の頼みとなればいつでも私は協力しますよ」

先生はやんわりと笑い、目の前のソファーに腰を下ろした。

遠谷《とおや》恭一郎。彼はあの医療過誤案件のときに協力医として力を貸してくれた人物であり、優秀な心臓外科医だ。医療案件は各方面の協力が必須なので、彼のような信頼の置ける医療従事者がいることは本当に貴重だ。

「なんのお構いもできませんがどうぞ」

恭一郎先生の奥様の朔《さく》さんが部屋にやって来てお茶とお菓子をテーブルに並べる。

「ママ〜、虹来《にこ》ちゃんが起きたから早く公園に行こう」

と、ドアから顔を出したのは先生の息子さんの星来《せら》くんで天真爛漫で愛くるしい子だ。確か今年小学二年生になったと聞いている。

妹の虹来ちゃんを溺愛していてお世話するのが好きだと、恭一郎先生が以前会ったときに笑って話していた。

「虹来のお着替えをさせたら行くよ。星来も準備してね」

「はーい」

「騒がしくて本当にすみません。ごゆっくりしていってくださいね」

奥様はそう言うと、星来くんを連れて部屋を出ていった。

「それで今日はどういったご用件で？」

恭一郎先生がじっとこちらに真剣な瞳を向けてきた。

「実は……これらのものが私のところに匿名で届いたんです。この手術記録を見ていただき、どこか不審点がないか先生のご意見をお伺いしたいんです」

あの日届いた資料一式をテーブルの上に並べ、恭一郎先生に差し出した。

「拝見しますね」

静かに資料を読み始めた先生の様子をしばらく見守っていると、彼の表情が一瞬、歪んだのが見て取れた。

「どうかされたんですか？」

思わず前のめり気味になりそう問いかける。

「ここにある記録の手術はどれも手術時間が極端に短いんです。まるで開いてすぐ閉じたような感じだ。それに加えてどれも深夜の緊急オペばかりで同じ医師が執刀していて、手術を受けた患者は身元不明者や長らく意識がない人、また重度の精神疾患患者ばかりだ。そしてこの患者たちが手術を受けたその日に、こっちのリストに載っている政財界の重鎮や警察官僚のうちの誰かがこの病院で手術を受けているのはとても不可解でなりません」

恭一郎先生はそこまで言うと、ある人物のカルテのコピーを手に取り目を通し始めた。

「……この野木沢議員のカルテを見るに、彼は人工透析が必要なほどの重い腎疾患を抱えていたようです。ですが、ある日を境に数値が急激に回復している。ざっと見たところ、他の官僚患者も同様な変化が見受けられます」

「……どういうことが考えられますか？」

ごくりと息を呑みながら彼の答えを待つ。

「あくまでもひとつの仮説ですが、この病院では極秘で違法な臓器移植が行われている可能性があります」

「……っ」

衝撃的な返答に思わず息を呑む。

資料と写真、そして今、先生から聞いた話を総合的に整理すれば、違法な臓器移植に沢渡議員が関わっていたことは明白で、やり場のない怒りからギュッと拳を握りしめる姿がある。

「三橋先生、大丈夫ですか？」

恭一郎先生の声にハッと我に返り彼の方を向くと、心配そうに俺を見つめる姿がある。

「すみません。大丈夫です」

「これを送ってきた人物に心当たりはあるんですか？」

彼の言葉に頭に浮かんだのは。

……あの人だった。


「今日は突然、お呼び立てしてすみません」

「いえいえ。お気になさらずに」

穏やかな笑みを口元に湛えながら樹さんが目の前の席に腰を下ろした。

俺はその日、彼の自宅近くの落ち着いた雰囲気のアトリエカフェの個室に樹さんを呼び出していた。黒のタイトなスーツに身を包んだ彼だが、今日は前髪を下ろしているからか少しやわらかい印象を受ける。

「それでお話しとはなんですか？」

樹さんは唐突にそう尋ねてきて俺の瞳を真っ直ぐに見つめてきた。その瞳は俺の内をすべて見透かしているように思える。

俺が今日、ここになにを尋ねにきたのか薄々気づいているのではないだろうか。

「単刀直入に聞きます。私が歩道橋から転落したとき通報して助けてくれたのは樹さんですよね？」

「どうして私があなたを助けたと？」

彼はコーヒーカップを口元に持っていきながら、フッと笑って俺を見る。

「これだけだと偶然かもしれないですが、俺の直感です。……あの日転落して意識を失う寸前、石鹸の香りが鼻を掠めた。それはあなたから今香る匂いと一緒だった。それからあのときちらちらと視界に入ってきた緑色の光は、樹さんが今身に着けているそのネクタイピンについているエメラルドの石だと気づいたんです」

樹さんの表情からはまったく動揺は感じられず、ポーカーフェイスのその様からは感情が読み取れない。

水を打ったような静寂が流れていく。

しばらく困惑していると、彼は手に持つカップをそっとソーサーに戻してから静かに口を開いた。

「……本当に記憶がすべて戻られたんですね。それにしてもすごい執念だ」

樹さんは半ば認めたようにそう言い、胸元のネクタイピンに視線を落としそれに触れてから切なげな瞳を向けてきた。

「このネクタイピンは、私が社会人になった年の誕生日に母がくれたものなんです。エメラルドの石には、『幸運が訪れますように』、そんな意味を込めたと言っていました」

彼はそう言うとなにかを懐かしむように窓の方に遠い目を向け、すべての経緯を語り出した。

「陸さんの転落事故が起こる少し前、父や香菜に不審な動きがあったので妙な胸騒ぎを感じていました。そして、あの日の夜、あなたに警告しようと事務所に向かったところ、陸さんが突き落とされた現場に遭遇したんです。その後、いろいろと探りをいれて事の真相を知り、あの怪物どもをこれ以上、野放しにしてはいけないと改めて思いました」

樹さんの思わぬ発言に限界突破した心臓が激しく打ち鳴らされ、動揺から声と身体を震わせながらもうひとつの疑問を口にした。

「これを私に匿名で送ってきたのも樹さんですよね？　こんな詳細な情報は内部の近

しい人物しか分かりえるはずがない」

テーブルの上に封筒を差し出すと彼は表情ひとつ変えずそれを手に取り、じっと見つめてから静かに息を吐いた。

「あなたのような真っ直ぐで正義感にあふれた人ばかりであれば、この世界はもっと救われるのかもしれないですね。そうですよ。これを送ったのは私です」

「樹さんの目的はいったいなんなんですか？　このことが知られたらあなたの立場も危うくなるのにどうしてこれを私に？」

いくら考えても俺の中でもっともらしい理由が見つからず、瞳を揺らしながら彼を見つめていたそのとき。

「私の真の目的は……沢渡家への復讐《ふくしゅう》です」

ゾッとするような冷酷な瞳をした彼がそうつぶやき、手に持つ白い封筒を両手で握り潰した。

〝私は沢渡文隆の隠し子として生まれ、そしてある理由から沢渡家で生きていくことを選びました〟

彼は静かに自分の生い立ちを語り始めた。そして俺は沢渡家に渦巻く欲望と憎しみを知ることになる。

沢渡文隆は、樹さんの母親と交際をしていたが、政治家の父の命で警察官僚の娘と結婚することになり、事実婚状態だった樹さんの母と幼い樹さんを捨ててその女性と結婚したそうだ。

数年後、香菜が生まれたが夫婦関係はうまくいかず、妻は男を外に作って香菜を置いて家を出ていった。

半ば自分を裏切った女の子供である香菜を、自分の後継者とするのはプライドが高い文隆氏には許せなかったらしく、そこで樹さんに白羽の矢が立った。

だが、樹さんの母親はそれを長年に亘《わた》って拒み続けた。しかし樹さんの母親はある日、職場で倒れ入院生活を送ることになったそうだ。そして完治には臓器移植が必要だった。

文隆氏はそこに付け込み、『おまえが沢渡家に入れば、母親が助かるように優先的にドナーを見つけ移植の手助けをする』と樹さんに言い寄ったそうだ。

彼は思い悩んだ挙句、母親を救うためにその要求を呑み沢渡家に入り、文隆に尽くしてきた。その陰で香菜や沢渡家の親族からはずいぶんと罵られ、ひどい扱いを受けてきたようだ。それでも彼はずっと耐え続けた。

樹さんは文隆氏が陰で行っていた違法な臓器移植のことも知っていたが、母親を人質に取られているような立場であったため見過ごすしかなかったようだ。

だが三年半前、蓮の勤める病院のエレベーター前で彼と鉢合わせしてから間もなく樹さんの母親は蓮の病院で静かに天国に旅立った。さらにそれから数か月後、文隆氏には樹さんの母親を助ける意志がまったくなかったことを知ってしまった。

彼のやり場のない怒りは沢渡家の復讐へと形を変えることになり、文隆氏の悪事について証拠を集め出し、逃げ道がないよう完膚なきまで追い詰めるためにずっと告発に向け準備をしてきたそうだ。

そして、俺の転落事件を機に樹さんの復讐は幕を開けることになったのだ。

「ここからはあなたのお話しをしましょうか」

樹さんがふんわりと微笑み、両手をテーブルの上で組みながらこちらを見てきた。

「陸さんをあの日、突き落としたのは父の回し者でも病院の関係者でもないんです」

「じゃあ誰がいったい？」

静かに彼の返事を待つ。

「香菜が用意したチンピラですよ。その男を病院側の回し者と印象付けるためにもっともらしい理由をつけて、『医療訴訟から手を引け』とか言われませんでしたか？」

「……確かに俺を押した男はそう言っていましたが、それもすべて彼女の指示だと？」

あの日のことを思い出し、困惑に支配されながら樹さんを見つめる。

「ええ。あなたに手をかけた実行犯の男は、香菜の手下に口封じされそうになりましてね。瀕死《ひんし》の状態となっていたところを私が助けてあげたんですよ。そのとたん、そのチンピラがべらべらと事の経緯を話してくれました。香菜は誰かにあなたを取られるくらいなら……そう思って陸さんを突き落とすように指示したそうです。でも、あの騒動後、結果的に父が間に入った。もちろんそれは、香菜やあなたを助けるためではなく保身のためですけどね」

樹さんは冷たい笑みを浮かべながら部屋に飾られている絵画に瞳を移し、大きく溜め息を吐いた。

「保身のため？」

「ええ。あの頃、野木沢議員は賄賂疑惑でマスコミに追われていた。沈静化を図るために長期休養に入り、その休養中、彼は竜谷ヶ森総合病院で違法な臓器移植を受けた。父は彼にとても目をかけてもらっていたので彼の要求を無下にできず、臓器移植手術を渋々承諾したんです」

次々と明かされる真実に俺の心音は収まることを知らない。異様な口の渇きを感じ、グラスを手に取った。

「ですが、野木沢議員のゴシップネタを狙う記者に余計な詮索されて万が一、違法臓器移植が世間にバレて自身のやってきたことが明るみに出ることはどうしても避けたかった。だからあの訴訟の件は示談という形で早々に折れて、他を突っ込まれないようにしたんですよ」

「そんな……」

じりじりと肌が焼けるような、張り詰めた空気感が辺りを包みこむ。

まさかあの転落事故の裏にこんなにも多くの陰謀が蠢《うごめ》いていたとは……予想もしていなかった事態に俺は言葉を失った。

「それを逆手に取って香菜はあなたの彼女に詰め寄り、美玖さんは責任を感じて陸さんの前から消えた。そして香菜はあなたに結婚を迫ったわけですよ。これではあまりに陸さんが哀れだと思いましてね。だからこういう形で協力しようかと思ったんです」

彼はそう言うと腕時計を見つめ、それからドアの方に冷たい視線を送った。

「樹さん！　いるんでしょう？　出てきなさいよ！」

外が騒がしくなったのはその直後のことだった。

「やはり来たか」

樹さんはそれが分かっていたかのように驚くこともなく、ほんのりと口元に笑みを浮かべながらドアの方を見ている。

「こんな脅迫まがいの文を送りつけてきて、いったいどういうつもり……なんで陸がここに……いるの？」

すごい形相で部屋に入ってきたのは香菜だった。だが、俺がいたのは予想外だったのだろう。彼女の顔には動揺が色濃く滲んでいる。

「転落事件の日の真相を彼に伝えていただけだ。だって陸さんには知る権利があるから。君が国村隆二《くにむらりゅうじ》を金で雇って手をかけたって教えてあげたんだよ」

「なっ……」

香菜の顔が青ざめていくのが見て取れ、さっき樹さんに聞いた話が事実なのだと現実味が帯びてくる。

「その顔は傑作だな。用済みの男をきちんと始末し損ねたのが香菜の落ち度だよ。姑息な手を使っても、最後まで好きな男に振り向いてもらえない君は実に哀れだ」

「だ、黙りなさい！」

パンッと乾いた音が部屋に響いた。それは香菜が樹さんの頬を引っ叩いたことを意味していて、彼の頬が赤く染まっていく。

「隠し子の分際でよくも私をこけにしてくれたわね。こんな出すぎた真似《まね》をしてお父様が知ったら許すはずがないわ」

「ははっ。いつでも父親にすがればなんとかなると思っているところが甘ちゃんなんだよ。でも今回ばかりはあの人も自分のことで手がいっぱいで君を助けてはくれないと思うがね」

「どういう意味？」

席をから立ち上がりドアの方に足をゆっくりと進めていく樹さんに向かい、香菜が眉を顰めながらそう尋ねる。

「今頃、事務所に警察が乗り込んであの人を連行している頃だから」

「な、なにを言ってるの？」

樹さんの背中に尋ねるその声は、動揺からか震えている。

「香菜、君も今から地獄に落ちるんだよ。僕の母さんに君がしてきた数々の仕打ちの罪を、きちんと償え」

樹さんがゆっくりとこちらを振り返り、身震いしてしまいそうなほどの冷酷な瞳を彼女に向けたその刹那。

再び廊下が騒がしくなり、スーツ姿の男たちが部屋へと入ってきた。

「沢渡香菜だな。国村隆二さん誘拐、ならびに殺人未遂教唆の罪で十四時二十三分、あなたを逮捕します」

「ちょ、っと触らないで！　こんなことをしたらお父様が許さないわ。その汚い手を離しなさいよ！」

香菜は男たちに両腕を掴まれそうになると必死に抵抗し、手足をばたつかせ暴れ出した。

「陸、この人たちが言ってることは……全部、嘘なの。信じて、お願い……助けて……。私にはあなたしかいない。愛してるの」

香菜が泣きながら俺の腕を掴みすがってくる。

だが、俺の中で彼女を救う義理はない。

望む未来は美玖たちと平穏な毎日を歩むことなのだから。

「俺は君を許す気はない。君は自分が犯した罪をきちんと償うべきだ」

とっさに彼女の手を振りほどき非難の目を向けると、彼女はうなだれるようにうつむき、抵抗を止めた。

新たなスタートライン

沢渡家の事件はあれから連日、ワイドショーで取り上げられている。逮捕されてから俺の事件を含め余罪も次々と出てきて沢渡文隆、香菜には有罪が下る見通しだ。樹さんに関してはリークしたのが彼自身であったこと、また直接的に事件に関与した証拠がなく嫌疑不十分だったため、不起訴となる見込みが高いようだ。

思わぬ形ですべての事件の幕が下り、穏やかな日常が戻りつつあった。

俺はその日、ある場所を目指していた。

小高い丘の上にある白い二階建てのアパートが見えてきて、自然と心が高揚していくのが分かる。ちょうどそこに着いたのが夕方近くであったため、彼女は仕事から戻るくらいの時刻だと思われる。

今日美玖と確実に会える保証はないが、時間の許す限りここにいようと思う。

彼女になんと言って声をかけたらいいだろうか。

きっといきなり会いに来てしまったから戸惑うだろう。

ゆっくりと階段を上り始めたそのとき、上の階からドアが開く音がしてとっさに階段の先を見上げた。

もしこの足音の主が美玖だったら……。

次の瞬間、ハッと息を呑んだ。

「蓮ってばどうしたの？　私、今から大地を実家に迎えに行くところなんだけど……」

どうやら俺のことを蓮だと勘違いしているらしい彼女は、なんの疑いもなく階段を軽快に下りてくる。

「美玖……」

「……り、陸なの？」

声色を聞いて美玖はすぐに俺が蓮ではないことに気づいたようで、足を止め大きく目を見開いた。

「いきなり会いに来て驚かせてしまってごめん」

たくさん伝えたいことがあるのに、胸がいっぱいで言葉がうまく出てこない。

「記憶……戻ったんだよね？　蓮から聞いたの。それから……沢渡先輩のことテレビで見たけど、陸の方は大丈夫だった？」

ずっと彼女に苦労をかけ支えてやれずにいた俺に文句のひとつも言わず、それどころか俺を気遣う美玖。そんな彼女の優しさに、胸の奥が熱くなるのを感じずにはいられなくて彼女の頬に手を伸ばした。

「ずっと、ずっと美玖に会いたかった」

その言葉が今の俺のすべてだ。

「……蓮がね、陸の記憶が戻ったことを教えてくれたときにこうも言ってたの。陸のことを信じて待ってあげてって。だから、私……ずっと信じて待ってたよ」

美玖の頬を伝い出した涙がアスファルトに沈んでいく。

愛おしさ、切なさ、罪悪感。

彼女の涙を見て様々な感情が巡る。遠慮気味に美玖の頬を流れる雫を手で拭うと、彼女が口元を弓なりにし俺を見上げてきた。

「……こんな俺を信じて待っていてくれてありがとう。やっと胸を張って美玖たちに会えると思ったから迎えに来たんだ。遅くなってごめん。もう二度と離さないから」

彼女の背中にそっと手を回す。

懐かしい温もりに包まれると、走馬灯のように優しい記憶が蘇ってきて心にぽっかり空いた穴が埋まっていく気がした。

＊＊＊

アパート近くの公園の一角にある花壇横のベンチに、少し距離を置いて並んで陸と座る。

「ここの公園、大地とよく来るの。あっちの遊具コーナーで休みの日に遊ばせたりしてるんだ」

「そうなのか。広くて緑豊かでいいところだね」

突然やってきた陸との再会に最初こそぎこちなかったものの、ここであれこれとお互いの近況を語っていたらいつの間にか時間が経っていて、日が暮れ始めたことに気づいた。

「あのね、陸、私そろそろ……」

実家で待つ大地を迎えに行かなければいけないと、彼に伝えようとしたその矢先のこと。

「ママ～！」

心臓を跳ね上がらせながら声がした方に意識を傾ける。そこにはこちらに走ってくる大地がいて、とっさにベンチから立ち上がり小走りにそちらに向かった。

「どうしてここにいるの？　ばぁばは？」

しゃがみこみ大地の顔を覗き込んだ。

「ばぁばもいるよ、あそこ」

大地が指さす方を向くと、そこには確かに母の姿があってゆっくりとこちらに足を進めてくるのが見えた。

「ママ、これみて～」

手に持っていた一枚の画用紙を広げて息子が楽しげに微笑む。

「これ大地が描いたの？」

「うん！　さかなさん！　じょうじゅでしょ」

「すごい上手だね」

大地の頭を撫でるとうれしそうに頬を緩ませ、彼は絵について身振り手振りを交えながら説明を始めた。

それからすぐに母が私たちのもとへとやって来て事情を聞けば、どうやら大地は保育園で描いた絵を先生にすごく褒められたらしく、早く私に見せたくて実家で駄々《だだ》をこねたらしい。なので、母は公園に大地を連れて来て少し遊ばせてからアパートまで送るつもりでいたみたいだ。

「ここまで送ってくれてありがとう」

「いいのよ。だいちゃんのブランコを披露してもらえてばぁばはうれしいし。ところでそちらの方は……」

母の視線がベンチの方に動いた。

「えっと……その……」

「ご無沙汰してます。三橋陸です」

陸だと伝えていいのか戸惑っていると、私の隣に彼が足を進めてきて母に向かって頭を下げた。

「あら～！　陸くんなの？　久しぶりすぎて分からなかったわ。ごめんなさい。相変わらずいい男ね。美玖ってば、陸くんと会ってるなら言ってよ～。夕飯準備しといたのに」

「あ、れんせんせいだ！」

母が懐かしげに陸を見つめる一方で、大地は蓮と勘違いしニコッと笑いながら陸を見上げている。まさかこんな形でふたりを会わせることになるなんて夢にも思わなくてあたふたとしてしまう。

このあと、どうこの場を進めていけばいいのか頭をフル回転させてみるが、まったくいい案が思い浮かばず、チラッと隣にいる陸の様子を窺ってみる。

愛おしげに大地の顔を見つめる彼の瞳は、心なしか潤んでいるように見えた。

「……大地くん、なのか？」

ゆっくりとしゃがみこみ大地の顔を覗く陸。声が震えているのは緊張からだろうか。

「れんせんせい、だいいち、わすれたの？」

「あ、ごめん。俺は蓮じゃなくて……陸って言うんだ。蓮は俺の双子の弟なんだ」

「りく？　ふたご？」

状況をうまく呑み込めない大地が、首を傾げながら陸を見つめる。

「あ、あのね、お母さん、私たちこれから三人で行くところがあるから……」

「そうなのね。じゃあまた今度ゆっくりね」

母はなにかを察したように、陸に軽く挨拶をしてからその場を離れていった。

「れんせんせいじゃなくて、りくくんなの？」

大地の中でなんとなく理解したのか、まじまじと陸の顔を見つめながらそう問いかけた。

「ああ。そうだよ。大地くん、手を……握ってもいいかな？」

「うん。いいよ」

大地はそう答え、なんの躊躇もなく小さな手を差し出す。

陸はゆっくりとその手を握り、目を細めた。

「大地くんの手、とっても温かいな」

「りくくん、どうしてないてるの？　だいじょうぶ？」

「ああ、大丈夫だよ。いきなり泣いたりしてびっくりさせちゃってごめんね」

「ううん。だいちが、いいこ、いいこしてあげるね」

伸びた小さな手は、何度も、何度も優しく陸の頭を撫で上げる。

「大地くん、ありがとう」

「ママがね、だいちがないてると、いいこ、いいこしてくれるの。そしたら、げんきになるから。りくくんも、げんきになぁれ」

幼い大地には陸が流す涙の意味を理解することは難しいだろう。

でも、私には痛いくらいに分かってしまい、自然と目尻から涙が零れ落ちていった。

「りくくん、みて。ぞうがいる。おっきい！」

「うんうん。大きいね」

「あっちのおさるさんも、かわいい。あっ、ゴリラもいる！　ウホホってしてる」

大地が口を膨らませながら胸をドンドンと叩いてゴリラの真似をすると、陸がニコリと笑い大地の頭を撫でた。

「大地くんは物知りだね。たくさん動物の名前を知っていてすごいな」

「えへへ」

大地がうれしそうにはにかむ。

陸との久しぶりの再会は、私と大地の生活に大きな変化をもたらしていた。

あの公園でのやり取りのあと、近くのファミレスで三人でご飯を食べた。そこでいろいろ話すうちに大地は優しく物知りな陸をすっかり気に入った様子で、帰り際にはまだ遊びたいとぐずるほどだった。

大地を宥めながらその日は陸と別れたのだが、それから数日後、彼から連絡がきて今日、三人で動物園に行く運びになったのだ。

大地は大好きなお友達の陸くんと会えて朝からとてもテンションが高い。もちろん自身の父親だとは知らないが、なにか感じるものがあるのかもしれないと思ってしまう。

正直に言うと、今日、陸が車でアパートに迎えに来るその瞬間まで私の方は少し緊張していた。でも、いざ三人で会ってみれば、大地がすごくうれしそうにはしゃぐ姿を見られて、こっちまで自然と笑顔になり緊張が解《ほぐ》れていった。

「ママ、みえないよ！」

大人気のパンダスペースには人だかりができていて、大地の身長ではパンダを見ることができず、半べそをかきながら私を見つめる。そんな息子を見かねて抱っこしようと手を伸ばしたそのときだった。

「抱っこしてあげるからこっちにおいで」

陸が大地の前にしゃがみこみ両手を広げ、やわらかく微笑むのが見えた。

「わぁーい」

胸に飛び込んだ大地を軽々と持ち上げた陸。百八十センチを超える彼に抱っこされれば、視界を妨げるものはなにもないだろう。

「大地くん、パンダ見える？」

「みえる～！　パンダさんかわいい！」

大地の笑顔が弾け、手をパチパチと叩く姿が目に飛び込んできた。

こんなにはしゃぐ息子を見たのは久しぶりだ。というより、いつもは私が抱っこするから大地の表情をじっくりと見る余裕がないと言った方が正しい。うれしそうな姿を見て自然とスマホのカメラを構える自分がいた。

陸に抱っこされてから大地は彼にべったりだった。動物園を楽しんだあとに行った飲食店でもすごく機嫌がよかったし、いつも以上に食欲があった。

口には出さないけれど、保育園のお友達がお父さんに抱っこされているのをうらやましそうに彼が見ていたことに気づいてはいた。

そういう日は必ず〝じいじのおうちに行きたい〟と言い出し、父に抱っこをせがむ姿があって、申し訳なく思うことがあったのは事実だ。

きっといろいろと我慢させてしまっているんだろうな。陸の車の後部座席に座り、私の膝の上ですやすやと眠る大地の頭を撫でながら心の中で反省する。

「大地くん、寝ちゃったみたいだね」

と、運転席の陸の声が届き、ミラー越しに瞳が交わった。

「うん。ずっと興奮状態だったから。陸も大地に振り回されて疲れたよね」

「いいや。大地くんのいろんな表情が見られてすごく楽しかったよ。それに初めて会ったときより俺に懐いてくれたような気がしてうれしかった」

彼が口元を弓なりにする。

そんな陸を見ているとこちらも心が高揚して自然と頬が緩んだ。


「ねぇ、ママ～。つぎいつ、りくくんとあえる？」

「うーん。いつかなぁ？　お仕事忙しいみたいだからもう少し先かも」

「やーだー。はやくあいたい！　いっしょにあそぶの！」

キッチンで夕飯を作っていると、大地がやって来て私のエプロンを引っ張る。

動物園に一緒に行ってから大地はますます陸のことが好きになったみたいで、こうやってよくせがんでくる。

でも、あくまで大地が陸を好いているのは友達としてなわけで、陸が自身の父親だと知ったときにどんな反応をするだろう。そう思うとなかなかその事実を伝えられずにいる。

「あとで連絡してみるね」

「わぁーい！　たのしみ！」

まだ連絡もしていないのに、楽しみと言ってぴょんぴょんとジャンプして喜ぶ息子を見て思わず笑ってしまった。

「そういえばもうじき大地の誕生日だね。今年のケーキはなにがいい？」

「いちごけーき！　おおきいのがいい！」

食いしん坊の大地は、手で大きな丸を作りながら目を輝かせる。

「じゃあそれで決まりね。プレゼントはなにがいいの？」

最近の大地の様子から予想するにきっと動物のグッズか、働く車シリーズのおもちゃ辺りかなと、心の中で推測しながら大地の返事を待つ。

「……えっと」

大地は戸惑ったように瞳を揺らし押し黙った。

「なんでもいいんだよ？　大地がほしいもの教えてくれる？」

明らかに様子がおかしい息子の顔を覗き込みながら床に膝をつく。

「パパがほしい」

「え？　パパ？」

それはあまりに予想外の答えで、大きく目を見張りながら息子を見つめる。

「うん。りくんに、パパになってほしい」

期待を含んだようなきらきらとしたまなざしを向けられ、思わずドキッとした。

「どうして陸にパパになってほしいの？」

もしかしたら私に気を遣って大地がそう言ってくれたのではないか、一瞬、そんなことも頭を過る。大地の本音が知りたくてそんなことを聞くと、しばしの沈黙が流れた。

「……やっぱり、だいち、パパいらない」

静寂を破ったのは息子のどこか悲しげな声で。困惑する私にどこか物憂げな瞳を向けてから逃げるようにリビングの方に走っていった。


それから数週間が過ぎ、蝉《せみ》の声が忙しく聞こえる季節になった。あれから何度か大地に陸のことについて尋ねてみたが、『パパはほしくない』と言って、あの日の発言の理由を教えてくれようとはしない。

「大地くん、まだ理由を教えてくれないの？」

「うん」

その日、久しぶりに涼音が茨城に会いに来てくれていて、大地を一緒に連れ近所の公園で行われていた夏祭りを訪れていた。

屋台からは香ばしい焼きとうもろこしやお好み焼きの匂いが漂ってくる。

空がオレンジ色に染まり、幾ばくか気温も落ち着いてきたその時間帯。天気がいいこともあり、たくさんの人で賑わっていた。

大地はさっき買ってあげたお気に入りのキャラクターの風船に夢中で、それを持って広場で楽しげに走り回っている。

「私の方からも今日、さりげなく聞いてみようか？」

「ありがとう。助かるよ」

〝将来は涼音お姉ちゃんと結婚する〟、実家の両親の前でそう宣言するほど大地は涼音のことが好き。会う度に彼女にべったりですっかり心を許している。もしかしたら涼音にならば話してくれるかもしれない。そんな淡い期待が胸を巡る。

「ママ～、すずねちゃん！」

しばらくして大地がこちらに向かって走ってきた。

「汗びっしょりだね。お店を回る前に一旦、着替えようね」

「はーい」

風船を一旦、大地の手から取りベンチに座らせる。そして、リュックからタオルと服を取り出し、着替えさせ始めた。

「すずねちゃん、ごはんなにたべる？」

大地が涼音の顔を覗き込みながらニコリと笑う。

「そうだなぁ。焼きそばが食べたいかも」

「おいしいよね！　はやくいこう！」

大地が急に立ち上がり、涼音の手を引っ張る素振りを見せる。

「ちょっと待って。まだ着替えが終わってないから」

走り出そうとした大地の身体をとっさに止めて、半そでのシャツを頭から被らせた。

「大地くんは慌てん坊さんだね。かわいいなぁ」

涼音が大地の頭を優しく撫でながらクスクスと笑う。

「すずねちゃんも、かわいいよ」

「あら、ありがとう」

「すずねちゃん、だいすき」

「私も大地くん大好きだよ」

まるでカップルみたいな会話に思わず笑ってしまう。大地が涼音と話すことに夢中になっているうちに着替えを済ませてしまおうと、せかせかと手を動かしていた。

「ママ、もっともっと！」

「はいはい。ふぅーするから、ちょっと待って」

あれから三人で屋台を回り、空いていたベンチを見つけ大地を真ん中に挟んで座り夕飯を食べ始めたところだ。

「大地くん、こっちの焼きそばも美味しいよ。食べる？」

「うん！　たべる」

涼音が焼きそばを箸で取って大地の口元に持っていくと、うれしそうにもぐもぐと頬張る。

「美味しい？」

「うん。おいしい」

大地を見つめる涼音の瞳は優しくて、彼女は将来きっといいお母さんになるだろうなと微笑ましいふたりのやり取りを見守っていた。

「ママ、のどかわいた」

大地に水筒を手渡すと一瞬だけ水筒に口をつけたが、すぐに渋い顔をしてこちらに突き返してきたことにきょとんとする。

「からっぽだよ」

そう言われ慌てて中を覗き込んだ。

「近くの自販機でお茶を買ってくるから、大地のことお願いできる？」

「おっけー。いってらっしゃい」

大地を涼音に任せて近くの自販機を探し始めた。


「ふたりとも喜んでくれるかな」

お茶を購入したあと、屋台に並び大地と涼音が好きなクレープを買ってふたりのもとへと急ぐ。広場のベンチで仲睦まじげになにかを話している彼らを見つけ、気づかれないようにそっと近づいたそのときだった。

「そういえば大地くん、もうじきお誕生日だね」

「うん。さんさいになるの」

大地が指を三本立て、誇らしげに微笑む。

「三歳か。大きくなったね。今年はプレゼントなにもらうの？」

そんなふたりの会話が聞こえてきて、思わず足を止め木陰に身を潜めた。

涼音は約束を忘れていなかったようで、大地から聞き出そうとしてくれているようだ。大好きな涼音にはどう答えるのか遠目から様子を窺う。

「……プレゼントって、なんでももらえるの？」

少し考え込んだあと、大地はそう言って不安げに涼音を見つめた。

「うーん。きっとママは大地くんがほしいものをあげたいって思っているからもらえると思うけどな。ちなみになにがほしいの？」

大地はソワソワとどこか落ち着かない様子で瞳を揺らす。

「涼音ちゃん、知りたいな」

「えっとね……」

大好きな涼音にそう言われれば、黙っているわけにはいかないと思ったのだろう。慌てたように息子が唇を動かすのが見えた。

「……パパがほしい。りくくんに、パパになってほしいの。でも、ママにいったら、こまったかおしてた。だからプレゼントもらえない」

感受性が強い大地は、あのときの私を見てそう感じ取ってしまったらしい。それが頑なに教えてくれなかった理由だと知り、思わず天を仰いだ。

「どうして陸くんにパパになってほしいと思ったの？」

涼音が大地に優しい瞳を向けながらそう投げかける。

「りくくん、やさしいの。いっぱいだっこしてくれるの。それにね、りくくんといると、ママがたくさんわらうから」

うれしそうに頬を緩ませながら涼音を見つめる息子を見て、自然と頬を涙が伝っていた。

「そっかそっか。ママがたくさん笑うのか。大地くん、ちゃんとママのことを見てるんだね」

「うん！　だいちママのことだいすきだもん！」

大地の背中にそっと手を回す涼音と、宙で視線が交わった。

彼女の瞳にも涙が浮かび、私に訴えかけるように力強く頷くのが見えた。

なにも恐れることなんかなかったんだね。

陸は大地の父親になりたいと言ってくれていて、大地も陸のことが大好きで一緒にいたいと願っていて。私も息子にも伝わるくらいに彼の前で笑顔でいられるのだから。

〝この先の未来を、三人で歩んでいきたい〟

込み上げてくる熱い想い。

それこそが私が望む答えなのだろう。

気づけば大地のもとへと駆け寄り、愛する息子を強く抱きしめていた。

エピローグ

息子の気持ちを知ってすぐに私は陸にその話をした。そして大地の三歳の誕生日を三人で祝い、陸が実の父親であることを本人にカミングアウトしたのだ。

最初は混乱していたように見えた大地だが、丁寧に何度も説明を繰り返すとだんだんと理解できたようで、うれしそうに陸に抱きついていった姿が今も頭から離れない。

相変わらず私と大地は茨城、陸は東京に住んでいるので遠距離ではあるが、陸とは定期的に会っている。

「すごく緊張したけれど、美玖のご両親が俺のことを受け入れてくれてほっとした」

陸が安堵の表情を浮かべ微笑む。

「今日はお疲れ様。相当気疲れしたんじゃない？」

「……まぁ、そうかも。でも、また一歩前進できたからうれしい気持ちの方が強いよ」

美しい彼の横顔を見つめながら幸福感に浸っている私がそこにいる。

今日陸が私の両親に会いに来てくれたのだ。今現在私と交際していること、そして今までの経緯を説明してから謝罪し、自身が大地の父であることをふたりの前で告白した。

陸は私の父親に殴られる覚悟でいたみたいだけれど、事情が複雑だったことを踏まえ、私と陸の間できちんと納得ができているならばそれでいいと言って私たちの関係を認めてくれたのだった。

陸は、今日は挨拶だけで帰るつもりでいたのだけれども、彼のことが大好きな私の母が『せっかくだから泊まっていけばいいじゃない』と引き留め、急遽、泊まる流れになった。

陸が必要なものを買いに行きたいと言ったので、彼が運転する車で一緒に買い物に出た。本当は大地も一緒に連れて来るつもりだったのだが、夕飯を食べ終えると、うとうとし始めいつの間にかリビングのソファーで寝てしまったので母に預けてきた。

今は買い物を終え実家から少し離れたところにある海浜公園の駐車場で、今日の出来事をふたりで振り返っている最中だ。

「なんかイベントをやってるみたいだね」

駐車場はこの時間だというのに混んでいて、園内からは陽気な音楽と人の笑い声が聞こえてくる。

「覗いてみようか?」

陸のそんなひと言で車を降りた。

手を絡めながら園内を歩いていく。

大きな広場ではジャグリングやフラダンスのショーなどが行われ、たくさんの観客で盛り上がっているのが見えた。

その様子を横目に丘の方に登っていくと、目の前にはカラフルなＬＥＤでライトアップされたコキアの絨毯が広がった。音楽に合わせて色が次から次に変わり、とても幻想的だ。

「すごく綺麗……」

「確かにこれは圧巻だな」

思わず目を奪われふたりで足を止める。

この公園は全国的に春のネモフィラで有名な場所であるが、四季を通して様々な植物が楽しめる。秋と言えば真っ赤なコキアが代表格ではあるが、大地がまだ小さいので昼の時間帯しかここに来たことがない。だからこんな風にライトアップされたコキアを見たのは初めてで心が躍る。

今度大地にも見せてあげたいと心の中で思っていると、陸が私を後方から包みこむ形で優しく抱きしめた。

「どうしたの？」

「ん？　うれしそうにしてる美玖の横顔を見ていたら抱きしめたくなった」

耳元で陸がやわらかい声でそうつぶやく。心臓を高鳴らせながらそっと彼の腕に手を当てた。

「誰かに見られちゃうかもよ」

「それならそれで見せつけてやりたいな」

「今日はすごく大胆で甘えん坊ですね」

抱きしめられる腕から伝わってくる心地よい温もりと鼻を掠める優しい香り。それは魔法のように私に安心感を与えてくれる。

「ねぇ、美玖……」

甘い声で名前を呼ばれ後方を振り向くと、唇にチュッと軽めのキスが降ってきた。

それからすぐに陸は私の身体を自分の方に振り向かせ、ふんわりと笑いながら静かに口を開いた。

「実は俺、ここで満開のネモフィラ畑と、その中にいた美玖を見てすべての記憶を思い出したんだ」

「この場所で記憶を……？」

陸が記憶を取り戻したことは蓮から聞いていたが、その詳細までは聞いていなかったので少し驚きながら話に耳を傾ける。

「ああ。俺は蓮と、美玖は神楽さんとこの場所を訪れていた。と言っても、それは偶然ではなくて、蓮が神楽さんに頼んでここに美玖を連れて来てもらったんだけどね」

「そうだったんだ……」

春の陽気に包まれながら涼音とネモフィラ畑を回った記憶が鮮明に頭の中に蘇ってきて、トクトクと心音が高鳴っていく。

「記憶を取り戻したあの日、すべてを解決させたらふたりのことを迎えに行くって心に誓った。ここは俺と美玖を再び結び付けてくれた大切な場所で、だからここに一緒に来られたときには絶対に言おうと決めていたことがあるんだ」

陸が穏やかな笑みを浮かべながら私を見る。そして、着ていたブラックコートのポケットからなにかを取り出し、ゆっくりと地面に片足を跪《ひざまず》いた。

その手には小さな正方形の白い箱があって、戸惑う私に情熱的なまなざしが向けられる。

「次は大地も一緒に家族として三人でこの場所に来たい。美玖と大地のことを心から愛してる。だから俺と結婚してもらえませんか？」

箱の中では大粒のダイヤの指輪がきらきらと神々しく光る。

思いがけない陸からのプロポーズにハッとし、両手で口元を覆いながら彼に瞳を向けた。

「い、いきなりのことでびっくりして……頭がうまく働いてない、かも」

「俺の中ではずっと決めていたことだよ。大地が俺を受け入れてくれて、美玖のご両親が俺を許してくれたらすぐに美玖に気持ちを伝えようと思ってた」

「陸……」

「返事を聞かせてくれる？」

陸がやわらかく微笑み私を見上げると、頬を撫でるような風が吹き抜けていった。

私の答えは……。

ずっと前から決まっていた気がする。

何度離れても、すれ違っても。

「……こちらこそ、末永くよろしくお願いします」

私の心は、大好きな人とともに歩める日をずっと、ずっと夢見ていたから。

陸が笑みをさらに深めながら立ち上がり私の左手に触れた。

薬指にゆっくりと指輪がはめられていく。頬を伝い出した涙は、言葉では言い表せないほどの愉悦からだろう。

「一生、ふたりのことを大切にする。だから隣でずっと笑ってて」

花を愛でるような優しい手つきで、彼が頬を零れ落ちる涙を拭いてくれた。

「うん」

ふと左手に伸びた視線の先、薬指にはめられた指輪はコキアのイルミネーションに照らされて、七色に輝く虹のように艶やかにきらきらと光り輝いていた。

それは私たち三人がこれから歩む未来が明るいものになることを予感させ、とても尊い光に思えた。

グレーがかった空からは、はらはらと雪が舞い降り地面を薄っすらと白く染める。

年明け、私と大地は茨城を離れ東京にいた。

「きょうから、ここにすむの？」

「そうだよ。三人で住むんだよ」

「わぁーい。うれしい！　ひろいおうち～！」

大地が楽しげにリビングを走り回る。

プロポーズを受けてから彼と話し合い、東京で三人で生活をすることに決めた。仕事先の社長である雄大くんにも早い段階で事情を説明し、自身が担当していた式をすべて終え、引継ぎをきちんとしてから辞めるつもりでいたのだが、彼から意外な提案をされ、茨城の店舗から都内の店舗に異動という形でこれからもお世話になることになっている。

これから結婚式の準備が始まるので、きっと夏が終わるくらいまでバタバタと落ち着かない日々が続くだろう。それでも、不安や戸惑いよりも楽しみの方が大きい。

家族思いの優しい夫と天真爛漫で愛らしい息子とともに、この先の未来を歩めることはこの上なく幸せなことだ。今まで大地に寂しい想いをさせてしまった分、これからは陸とともにたくさんの愛情を注いで息子を育てていきたいと思う。

「まだ起きてるの？」

リビングで作業をしていると、お風呂から上がってきた陸が声をかけてきた。

「うん。今日は大地が早く寝てくれたから、今のうちに宛名書きを少しでも進めておきたくて」

机の上にあるのは結婚式の招待状の山。

私は最近、結婚式の準備に追われている。

陸のお父さんの会社の関係もあり、招待客の数はざっと三桁に及ぶ。宛名書きを業者に頼んだり印刷する手もあったのだが、私としては式に来てくださる方に感謝の意を込めて手書きしたいと陸に申し出たのだ。

「俺も書くよ」

「え？　いいよ。陸、明日も仕事で早いし」

「ふたりでやった方が早いだろ」

目の前の席に腰を下ろした彼がふわりと微笑み、ペンを持って宛名を書き出した。

「ありがとう」

お互いに書くことに集中しているから会話はあまり続かないが、穏やかな時間が流れていく。

「ねぇ、美玖……」

「ん？」

ふいに名前を呼ばれ陸の方に意識が動いた。

「美玖はもっと式でこうしたい、ああしたいってことはないの？」

「え？　いきなりどうしたの？」

「うちの両親が張り切ってあっちが主導って感じで進んでいるところもあるから、美玖が遠慮しているんじゃないかなって気になってたんだ」

そういうことか、と心の中で静かに納得する。

「そんなことないよ。白無垢《しろむく》もカラードレスも好きなものを選んだし、両親や涼音へのサプライズも式でできるから満足してるよ」

「本当に我慢してない？」

「うん。してない」

陸の目を見て強く頷いてみせた。

今回のお式は三橋グループの大々的なお披露目の意味もある。彼のご両親の意向が強い側面があるのは否めないが、私はもともと結婚式を挙げたいという願望があまりなかったのでストレスを感じることはなかった。

だけど、しいて言えば……。

先日、式と披露宴で着用する白無垢やカラードレスを選ぶ際に、フィッティングルームで出会った純白のウエディングドレスに少なからず憧れを抱き、心を奪われてしまったのは事実だ。

Aラインのシルエットのドレス。胸元から胴にかけてきらきらと細かなビジューが光り輝き、スカート部分はアシンメトリーになっていてレースとチュールがふんだんに使われている、まさにかわいいを凝縮したようなウエディングドレスだった。

ちらちらと気にかけていると、フィッティングに立ち会ってくれていた女性スタッフが「よかったらこれも着てみますか?」と声をかけてくださったので、陸がタキシードの試着に行っている間に、こっそりドレスを試着したことは私だけの秘密だ。

自分の中でいい記念になったと思っている。

「陸と大地と一緒にいられることがなにより幸せなの。それ以上はなにも望んでないよ」

その言葉は、消して嘘じゃない。

陸はその言葉を聞くと、やわらかく微笑みながら私のもとへとやって来て後ろから包みこむように私を抱きしめた。

＊＊＊

目覚まし時計の音が遠くから聞こえ、枕元のスマホに手を伸ばしスヌーズ機能を解除する。横を向けばすでにふたりの姿はなくて、ゆっくりと身体を起こしてから部屋を出てリビングに向かった。

「パパ、おはよ」

「陸、おはよう。お味噌汁《みそしる》温め直すからちょっと待ってて」

「ああ。ふたりともおはよう」

リビング続きのダイニングに行くと、すでに大地が椅子に座って朝ご飯を食べていて、慌ただしくキッチンを行き来するエプロン姿の美玖がいた。

新聞を手にしてからキッチンのカウンター越しに彼女の様子を窺うと、作業台の上に小さなお弁当箱と水筒が並べられているのが見えた。中には卵焼きやハンバーグ、ゆかりのおにぎりなど息子の好物ばかりが彩り鮮やかに並べてある。

どうやら今日は、お弁当持参日らしい。

月に何度かある幼稚園のお弁当持参日。大地は美玖の料理が大好きだから毎月その日を楽しみにしている。

「パパ、きいて。きょう、みんなでえんていで、おべんとうをたべるの」

横の席に腰を下ろすと、大地が陽気に話しかけてきた。

「それは楽しそうだな」

最近の彼は語彙力が増して出会った頃よりもおしゃべりになった印象を受ける。そんな息子の成長を近くで見守れることがなによりの幸せだ。

「けんくんと、ななみちゃんと、ゆうまくんと、ほのかちゃんと、みんなでおにごっこもするの」

「お友達がたくさんできてよかったな」

ここにふたりが越してきて四か月が過ぎた。初めは幼稚園に行くことに緊張していた様子だった大地。

そんな我が子を見て環境の変化についていけるか心配だったものの、今ではたくさん新しい友達ができて楽しそうに幼稚園に通っているようでほっと胸を撫でおろしている。

また最近は英語とプールを習い始めたこともあり、大地自身も新しいことを覚えることがうれしくて仕方がないようで、夜、一緒にお風呂に入ると習いたての英語を楽しそうに披露してくれることもある。

「大地、あんまりおしゃべりに夢中になってると幼稚園に遅刻しちゃうよ」

「それはいけない、いけない！　ちゃんとたべる！」

大地が慌ててフォークでウインナーを取って口に運ぶ。素直でかわいらしい息子を見て自然と心が温かくなる。

「今日は早く帰れそうだから三人でご飯でも食べに行かないか?」

大地の横の席に腰を下ろし朝食を食べ始めた美玖に話しかけた。

「うん。今日はパパがご飯に連れてってくれるって。よかったね」

美玖が口元を緩ませながら愛おしげに息子の頭を撫で上げる。

「だいち、グラタンとチョコレートパフェたべたい」

「ああ。好きなものを食べていいよ」

「わぁーい!」

大地が目を輝かせて万歳ポーズを見せる。

こんな日常が愛おしくてたまらない。

ずっと、ずっとこんな風に笑顔あふれる日々が続きますように、そう願わずにはいられない。


「ビデオカメラに大地の姿を収めるのが楽しみでならないよ」

「陸ってば親バカ丸出しだね」

「こんなにかわいい天使がいたらそうなっても当然だよ」

目を細めながら、ベッドの上ですやすやと眠る息子の頬を撫で上げた。

明日は幼稚園参観があって、俺は初めて幼稚園行事に参加する。

その中で大地が踊りと歌を披露するのだが、それをカメラに収めようと最新のビデオカメラを購入したのは言うまでもない。

「充電もばっちりだし、予備のバッテリーもいれたしメモリーも十分」

ベッド横のサイドテーブルに置いたビデオカメラを手に取り、ひとつひとつ真剣に確認していると、美玖が隣でクスクス笑い出したので意識がそちらに動いた。

「どうして笑ってるの？」

「そういうかわいいところも用意周到なところも、昔から変わらないなって思って」

「かわいいところ？」

彼女の思わぬ発言に、俺は首を傾げながら美玖を見つめる。

「昔、蓮がピアノのコンクールで優勝したとき、サプライズでお祝いしようとしたことがあったじゃない？」

「ああ、そんなこともあったね」

懐かしい記憶が蘇り、心が温かくなるのを感じながら美玖の話に耳を傾ける。

「あのときも陸は一生懸命に準備をしてたなって。当日のチェックにも余念がなくて手書きのリストには注意事項がたくさん書いてあって。誰かのためにここまで必死になれるのってすごいなって思った。でも、サプライズを成功させたいがために、逆にぎこちなくなって蓮に勘付かれて、あたふたしている陸がかわいいなとも思ったの」

「たぶん俺ってそういうところが不器用なんだよね」

苦笑いを浮かべながら彼女を見ると、首を横に振り女神のように穏やかに微笑む姿がある。

「でもその不器用なところも私は嫌いじゃないよ。むしろいつも全力投球な陸が好き」

美玖からの〝好き〟の破壊力はすさまじいものがある。

思わず破顔しそうになりながら必死に堪えるその内で、俺が小さな子供みたいに胸をときめかせていることを彼女は知る由もないだろう。

「美玖、ぎゅってしていい？」

「いいよ。陸は本当に甘えん坊さんだね」

美玖が俺の頭をよしよしと撫でながら微笑む。

「こんな姿を曝け出せるのは美玖の前だけだよ。甘えん坊な俺も好きでいてくれる？」

「うん、もちろん。大好き」

額を合わせれば自然と笑みが零れ、彼女のやわらかい唇に自身の唇をそっと重ねた。

最近は仕事やら挙式準備やらで忙しく、美玖とこんな風に過ごす時間がなかった。大地ももう赤ん坊ではないから、息子の前では過度なスキンシップを避けるようにしていたのだが……。

甘い色香に包まれれば、理性はすぐに崩壊する。

「久しぶりに抱きたい」

気持ちを抑えられそうになくて、彼女の服の中に静かに手を忍びこませた。そのまま中央の膨らみに手をかけると、美玖の口元から吐息が漏れる。

「……んっ……大地が……起きちゃう」

「なら声を我慢しなきゃだね」

「……っ、そこ、待って。あっ……」

息子が寝ているベッドから離れ、ソファーに美玖を座らせてから彼女が穿《は》いていたロングスカートを捲《まく》し上げた。

そして彼女の白い太ももにキスを落としながら、ゆっくりと足の付け根へと向かい敏感な部分に触れると、再び甘い嬌声《きょうせい》が俺の鼓膜を震わせた。

「陸、ダメ……だってば」

「美玖のダメは、もっと触っての意味だと思ってる」

「……ちがっ……ああっ！」

蜜があふれた中心を攻め立てると、彼女がビクンと背中をのけ反らせとろけたような瞳をこちらに向けてきた。

「もう……陸のバカ」

「好きな子には意地悪したくなるんだよ。心も身体も、全部、独占したくなる。昔も今も、そしてこれからも、こんなにも俺の心を虜にするのは美玖しかいないよ」

顔にかかるやわらかな髪をそっと耳にかけると、彼女は口元を弓なりにして微笑む。

そんな美玖が愛おしくて頬を撫でてから深く唇に口づけを落とした。

彼女が笑ってくれるだけで、俺の心は夜空に瞬く星のようにきらきらと光り輝くのだ。

幼き日、黒い闇に呑み込まれてしまいそうになっていた俺に、そっと手を差し伸べてくれた女神。

何度もすれ違い、残酷な運命に翻弄されようとも俺たちを繋ぐ運命の赤い糸は途切れることはなかった。そして、大地というかけがえのない宝物を授かることができたことは俺にとって最大の幸せだ。

この先に続く、永く、遠い未来。

なにがあってもふたりのことを守り抜くとここに誓おう。

胸に込み上げてくるこの熱い思いに名前をつけるとするならば、それはきっと。

「愛してる」

寝ても覚めても、俺は美玖と大地を想っている。

この胸に抱く感情は〝愛〟以外の何物でもないのだ。

END

番外編　兄と弟の絆《きずな》

　部屋から見える中庭の紫陽花《あじさい》が、一年で最も色濃くその身を染め美しさを強調する。朝からしとしとと雨が降るなか、その日、陸と美玖の結婚式が静かに始まろうとしていた。

　個人的に雨の結婚式も趣があって嫌いじゃない。言い伝えでは「雨の日の結婚式は幸せをもたらす」と言われている。たしか式当日に降る雨は新郎新婦が流す一生分の涙で、それを神様が代わりに流してくれるとか。

　これまでいろいろ紆余曲折《うよきょくせつ》あったふたりには、これからの人生どうか穏やかに、そして幸せであってほしいと切に願う。

「あ、れんせんせいだ！　こんにちは」

　俺と陸が新郎控室で談笑していると、大地が俺たちのもとへと走り寄ってきた。

「こんにちは。大地、今日は一段とカッコいいな」

「いひひ。ありがとう」

大地はニッと八重歯を出して笑うと、その愛らしい瞳を陸に向ける。

「パパ～、ママのじゅんびおわったかな?」

「んー、もう少しかかるかもしれない」

「ママ、きっとせかいいち、かわいいよね」

「うん。そうだね」

陸はふわりと笑いながら穏やかな瞳を向けてしゃがみこみ、乱れてしまっていた大地の胸元の蝶ネクタイを直してから抱き上げた。

「パパ、たかいたかいして～」

大地が甘えた声で陸にねだると､彼はすぐに大地を両手で抱え上げた。キャッキャッとはしゃぐ天使を見て陸が破顔しているのが分かる。

すっかりパパの顔になったな、と心の中でつぶやきながらしばらくふたりを見守っていた。

「いまからじぃじとばぁばのところにいってくるね」

「ああ。いっておいで」

陸が床に下ろすと、大地は元気いっぱいに走りながら出ていき、急に部屋は静寂に包まれ始める。

「陸もあんなデレデレとした顔するんだね」

「今の俺があるのは蓮のおかげだよ。あのときはいろいろありがとう」

「な、なんだよ。今日はやけに素直じゃんか」

飾らないストレートな返しに、こっちが豆鉄砲を喰《く》らった鳩《はと》のような気分になる。

「蓮はさ、俺と違って前向きで天真爛漫で。いつもみんなの輪の中心にいてすごくうらやましかった。蓮になりたいなって思ったこともあった」

思いもしないことを陸が口にしたことに俺は驚き、窓の外の紫陽花に目を向ける陸の横顔を見つめる。

「おだててもなにも出ないよ」

「本心を言っただけだから」

こちらを向いた陸の顔は穏やかだ。こんなにも安らかな彼を見たことがあっただろうか。

双子として生まれ、なにかと競い合ってきた人生。それでも兄弟仲が悪くならなかったのは、陸がその優しさで俺の傲慢さをも包みこみ、なんだかんだ言っていつも見守っていてくれたから。

気高きクールな王子様。

そんな陸に俺は――。

きっと、この感情を面と向かって陸に伝えるのは、これが最初で最後になるだろう。

「俺もさ、ずっと、すべてが完璧な陸に憧れてた。だから誰にも取られたくなかったし、俺は……陸の一番の理解者でありたかったんだよね」

物心ついた頃には陸と美玖と俺と、三人でいることが当たり前の生活だった。俺は兄に強い憧れを抱き慕っていた。

でも、次第に陸と美玖の距離が近くなり、自分だけがぽつりと取り残されているような、そんな感覚に陥った。子供ながらに抱いた嫉妬のような感情。自分が陸の一番の理解者でありたいのに、兄の心を救ったのは美玖で。

疎外感が強くなり、ふたりのことは別に嫌いとかそういうことではなかったけれど、少しずつ距離を置くようになった。

だから高校時代、陸がクラスメートを殴ったときも、沢渡と美玖、そして陸を遠くから見ていてなにかがあったのかもしれないと、なんとなく気づいていたけれど傍観者でいた。あのとき間に入ってあげていたら……ふたりはすれ違わずに済んだのではないか、ずっと心の中にそんな罪悪感があった。

美玖が東京を離れてから陸はずっとどこか悲しげで、いつも作り笑いを浮かべ、ますます感情を表に出さなくなってしまった気がして、そんな兄を見ているのが辛かった。

大好きな陸には、やはり心から笑っていてほしい。

それが最後の最後に俺がたどり着いた答えだった。

だから記憶喪失になった陸をほうっておくことはできなかった。

やっと、今日この日を迎えられて、兄に俺の気持ちを伝えることができて肩の荷が下りた、そんな気がする。

「話してくれてありがとう。言っておくけど、蓮は俺の中で今もこれからもずっと特別な存在なのに変わりはないから」

口元に笑みを浮かべ曇りのない瞳を向ける陸を見ていたら、自然と涙腺が崩壊した。

決壊したダムのように流れてくる温かい雫は、俺が心の奥底で抱えていた罪悪感のかたまりだろうか。

「泣くなよ、蓮らしくないな」

「泣いてなんかないから。ただ目にゴミが入っただけ」

フッと笑って、さりげなくハンカチを差し出すのは俺の自慢の兄貴、その人だ。

陸の弟として生まれることができたことを本当に幸せに思う。

ああ、やっと。

今なら陸に心からこの言葉が言える。

「陸、結婚おめでとう。美玖と大地と一緒に、世界で一番幸せになれよ」

番外編　真夏の夜の誘惑大作戦

結婚式から早二か月が過ぎ、空にはもくもくと綿あめのような入道雲が広がり、真夏の街並みはムッとするような熱気に包まれている。

平日だというのにいつもよりも人通りが多く感じるのは、世の中が夏休みに突入した影響からだろうか。

表参道《おもてさんどう》のメインストリートを歩いていると青いレンガの外観が目を引くおしゃれなカフェが見えてきた。格子の白い窓や飾り窓など、パリの街角にありそうなフレンチテイストのお店だ。

アーチ型の大きなエントランスを抜けて足を進めると、店内には白とシャンパンゴールドテイストのやわらかい雰囲気の空間が広がっており、会話を邪魔しない程度のジャズの音楽が流れ、多くの女性客で賑わっていた。

ショーケースの中に並ぶ彩り華やかなスイーツを横目に奥のソファー席へと足を進めていくと、待ち合わせ人と目が合い、思わず頬が綻ぶ。

「美玖、久しぶり。会いたかったよ」

「私も涼音に会いたかった」

電話ではちょくちょくやり取りをしていたが、実際に会うのは約一か月ぶりになるだろうか。涼音は相変わらずおしゃれで美しい。背中まであるストレートの黒髪はいつ見ても艶があるし、白のタンクトップにハリのある品のいいホワイトパンツのホワイトコーデに淡いブルーのシアーシャツを合わせた服装からは透明感が漂っていて、その美貌を一層輝かせている。

「そんなに私のことをじっと見てどうしたの？　なんか顔についてる？」

涼音が不思議そうにこちらに瞳を向けて首を傾げる。

「相変わらず綺麗だなって思って見惚れてた」

「美玖の方が幸せオーラ全開で輝いて見えるから。明後日《あさって》から沖縄《おきなわ》に新婚旅行かぁ。楽しみなこと尽くしじゃない。そういえば、大地くん今、三橋先生のご実家に泊まりにいってるんだっけ？」

涼音がそう言って、今しがた届いたランチプレートの真ん中にある食べ応えがありそうなローストポークをナイフで切り始めたのを見て、私もカトラリーを手に取り、やわらかなお肉を口に運び出した。

「うん。そうなの。明日お迎えに行くんだ。夏休みに入ったら泊まりに行くってずっと言ってたから、旅行前に行かせたの」

「きっと三橋先生のご両親も、大地くんのことがかわいくて仕方ないんだろうね。なんせ初孫だもの」

「そうだね。すごくかわいがってもらえてありがたいよ」

紆余曲折あったが、みんなが温かく迎えてくれて穏やかな生活を送れていることは本当にありがたく思う。

「じゃあ今は、しばしのふたりの時間を楽しめてるわけだ？」

「ん？」

付け合わせのキャロットラペをフォークですくいながら、にんまりと笑う涼音を見つめる。

「三橋先生が美玖にべったりなのが思い浮かぶよ。毎日熱い夜を過ごしてそう」

涼音のからかいに、しどろもどろしながらアイスティーのグラスに手を伸ばした。

陸は実のところすごく甘えん坊だし、涼音が言っていることはあながち間違ってはいない。でも、最近の彼は少し様子が違うように見えて、それが私の中でちょっぴり気がかりだったりする。

きっと私がどんどん欲張りになっているだけで、陸が変わってしまったというわけではない、はずだと思いたい。

「なんか浮かない顔だね。三橋先生となんかあったの？」

涼音がカトラリーを縁に置き、机の上で両手を組み合わせながらこちらをじっと見てくる。

どうやら私の心の内は思いきり顔に出ていたみたいだ。

「んー、なにがあったというわけではないんだけど」

グラスをコースターに戻しながら、歯切れの悪い回答を返した。

「話したらすっきりすると思うけどな。アドバイスもできるかもだし」

そんな風に言われたら、気持ちは当然話す方向にぐらりと傾くわけで。

「聞いて、涼音。なんか陸の様子がおかしいの。私、陸に嫌われちゃったのかな……。私、どうしたらいい？」

気づけば、前のめりになり涼音に助言を求めていた。

「まずは落ち着いて。順を追って話してくれる？」

涼音が私を宥めるようにギュッと手を握り、真剣なまなざしを向けてくる。

「実はね……」

私は胸の中に溜め込んでいた不安をゆっくりと吐き出し始めた。彼女は時折、相槌を打ちながら私の話に耳を傾けてくれている。

事の発端は、結婚式を終えて少し経った頃から急に仕事終わりにどこかに寄っているのか陸の帰宅が遅くなり、家に帰ってきてからもずっとスマホを気にする様子が見受けられるようになったこと。

まさか浮気？　なんて一瞬、そんなことも頭を過ったときがある。

それでも冷静になって考えれば、誠実な陸がそんなことをするわけがないと自分に言い聞かせ彼を信じることにしたが、またここ最近になって彼の様相がおかしいことを肌で感じ、不安になってしまっているのが本当のところだ。

「それ、さりげなく三橋先生に確かめたりしなかったの？」

「面倒くさい女だと思われたくなくて聞けなかった。なんか時間が経てば経つほど、触れられなくなっているというか……」

我知らず、重いため溜め息が漏れた。

「そっか。でも私からしたら、あれだけ美玖と大地くんを溺愛している三橋先生が不貞行為を働くとは考えられないけどな。だって十年以上美玖を思い続けて、記憶がないときだって思い出したきっかけは美玖だったほどだよ？　あんなに一途な人、なかなかいないよ」

涼音にそう励まされれば、少しだけ心の疼きが薄れた気がしなくもないけれども。

「あ、そうだ。ちょうど旅行が近いしいいこと思いついた！」

涼音の明るい声が届き、これは何事かと彼女の顔を見つめる。

「思いついたってなにを？」

「ふふふっ。名付けて誘惑大作戦。そうと決まればさっそく行動あるのみよね」

急にせかせかとし始めた涼音を見て、私は動揺を隠せない。

「ゆ、誘惑大作戦？　いったいなにをするの？」

「それは……内緒。すべて私に任せなさい。とびっきりに素敵なやつを選んであげるから」

困惑から高速な瞬きを繰り返す私の前で、涼音がニコリと微笑み、デザートのジェラートを口に運び始めた。


「みて～！　おっきいサメがいる。あっちはなんていうの？」

「あれはマンタって言うんだよ」

「マンタ！　まるで、ひらひらとそらをとんでるみたいだね～」

「ああ、そうだね」

大きな水槽の前ではしゃぐ大地に、穏やかな瞳を向けて陸がそう答える。

世界最大級を誇る幅三十五メートル、深さ十メートルの巨大水槽の中で悠々と泳ぐマンタの姿は、まさに圧巻で目を奪われる。

涼音と会ってから二日が経ち、私は家族で沖縄に新婚旅行に来ていた。

「パパ、ママ、あっちに、きれいなさかなが、たくさんいるよ」

大好きなキャラクターが描かれた青い半そでシャツに、お気に入りの白いハーフパンツを合わせた夏コーデの装いは、ずっとこの旅行を楽しみにしていた大地が自分で選んだものだ。

飛行機の中でも興奮を抑えられない様子だったが、彼が行きたがっていた水族館に着いてからは、ますますそのボルテージは上がっている。

陸のことでずっと気を揉んでいたが、息子のうれしそうな顔を見れば自然と心が満たされ笑顔になる。

「そろそろ向こうでイルカショーが始まるみたいだから行かないか？」

「いく～！」

大地がニコッと笑い、私と陸の手を取って歩き出す。

空いていたベンチに息子を挟んで三人で座ると、青い海をバックにイルカショーが始まった。

「わぁ、イルカさんすごい！」

ダイナミックなハイジャンプに大地が目を輝かせながら手をパチパチと叩き、愉快なダンスやコーラスが始まると、立ち上がり一緒に踊って歌い始めた。

陸はビデオカメラを構えながら目尻を下げて笑う。

そんな家族思いの彼を見ていると、一瞬でも疑ってしまいそうになった自分に罪悪感を抱かずにはいられない。涼音にも心配いらないよって宥めてもらったし、きっとすべては私の考えすぎなのだろうと、静かに納得してふたりを見つめる。

そういえば、涼音と食事をしたあの日、彼女が私に手渡してきた謎のプレゼントの中身っていったいなんだったのだろう。ふとそんなことが頭に浮かんだ。

旅行で絶対に役立つものだと言っていた。だから必ず持っていってと念を押されスーツケースにいれて持ってきたけれども、『中身を確認するのはホテルに着いてからね』と言われたので確認できずにいる。

夜、落ち着いてから見てみようか。そんな風に思いながら愛する家族に再び目を向けた。

「素敵な場所だね」

「気に入ってくれてよかったよ」

陸が後ろから私を抱きしめる。

その日の観光と夕飯を終えた私たちは、陸が運転するレンタカーに乗り宿泊先へとやってきた。

沖縄本島の北部、名護《なご》にある別荘感覚が味わえる一戸建てのスイートヴィラ。寝室の横にはオープンエアなテラス空間が広がり、プライベートプールやジェットバスなどが備えられている。

ライトアップされたパームツリーからは南国情緒が漂い、自身の身体もこの風景に溶け込んでいくような安らぎを覚える。耳に聞こえてくるのはパームツリーが風にそよぐ音と、砂浜に打ち寄せる波の音だけ。

朝からはしゃぎまわり疲れ切った大地は私と一緒に先ほどお風呂を済ませ、すでに隣の部屋のベッドで夢の中だ。

「連れて来てくれてありがとう。陸も運転で疲れただろうからお風呂でゆっくり身体を休めてきたら？」

「分かった。行ってくるね」

陸がふわりと笑い私の頬に軽くキスを落とすと、バスルームへ向かっていった。

陸がいなくなってからしばらく景色を眺めていた私だったが、明日の服の準備をしようとクローゼット前に置いてあったスーツケースをローテーブルの上に開いた。と、奥のスペースにいれてあった白い正方形の箱が目に入る。

それは涼音からのプレゼントだ。まだ中身を確認していなかったことを思い出し、胸を高鳴らせながら箱に巻かれていたピンク色のリボンに手をかけた。

「え？　なにこれ……」

箱から出てきたものに驚いて一瞬、思考が停止する。涼音の顔が頭に浮かび、とっさにスマホを手に取り彼女の番号をタップした。

『もしもし？　旅行楽しんでる？』

涼音は私から電話がかかってくることを予期していたかのように、すぐに電話に出た。私の鼓膜を震わせる彼女の声はどこか弾んでいる。

「プレゼント見たんだけど……これいつ買ったの？」

尋ねる声が震えるのは、きっと動揺からだ。

『ほら、あの日食事を食べたあと近くの店に入ったじゃない？　美玖が書店で大地くんへの本を選んでいるときに少しだけ別行動したでしょう？　そのときにこっそり買ったの。気に入ってくれた？　純白で清楚《せいそ》な感じがかわいいでしょう？　しかもセクシーで！』

あの日のことが脳裏に蘇り、ハッとしながら箱の中に入っている高級ランジェリーに視線を落とす。

雪のように真っ白でレースがふんだんに使われている一見清楚な雰囲気の下着。普通の下着に比べて透けている部分が多く、胸の先端部分にあたる部分とショーツの両脇には、少し引っ張るだけですぐにするりとほどけてしまいそうなリボンが結ばれている。見れば見るほど肌面積が狭くて戸惑うばかりだ。

「これはいったいどういうつもりで用意してくれたのかな？」

『それはもちろん、美玖が三橋先生と熱いハネムーンの夜を過ごせるように』

「……」

ここに来てあの日、涼音が言っていた〝誘惑大作戦〟の意味を痛感する。

「あの……気持ちは非常にうれしいんですが、これはさすがに」

『ハネムーン中だからこそ大胆になれるんじゃない。「実はプレゼントがあるの」「なに？」「プレゼントは……わ・た・し」、なんてやり取りしてその下着を着ている美玖を見せたら三橋先生、絶対に喜ぶよ』

電話越しにひとり興奮気味に妄想を繰り広げる涼音に、思わず溜め息を吐いた。

「なんか他人事だと思って楽しんでない？」

『これは悩める親友を救うための、私からの思いやりの形なの。ちゃんと今日の夜、実行してね。じゃあ私はこれから用事があるからそろそろ電話切るね。またね～』

強引に電話を切られ、テーブルの上に置いたランジェリーに目を移す。

これを着て陸に迫るなんて……考えるだけで頬が熱くなる。

でも涼音が私のためにわざわざ時間を割いて用意してくれたものでもあり、彼女の思いを無下にするのは気が引ける。

「なにが正解か分かんないよ」

ぽつりとつぶやいた言葉を、テラスから吹き込む心地よい潮風が攫っていった。


「そろそろ寝ようか？」

バスローブ姿の陸が部屋に戻ってきたのは、それから少し経ってからのこと。

「そ、そうだね。そういえば明日はどこに行くの？」

私が尋ねると、彼は一瞬、戸惑ったように笑い私の頬を撫で上げた。

「それは明日になってからのお楽しみってことで」

「え？　あ、そうだね。そういう日があってもワクワク感があっていいかも、ね」

必死に平静を装うが、ぎこちなくなってしまうのは致し方ないことだと思う。なぜならパジャマの下にあのセクシーなランジェリーを身に着けて、陸に話を切り出す機会を窺っている状態だから。

涼音との電話のあと迷いに迷い、私は作戦を今日実行することにした。

明日の夜には状況がどうなっているか分からない。大地が起きていたらもちろん決行はできないし、明後日は少し遠出する予定なので夜更かしは避けたい。

そわそわと落ち着かず、生まれて初めて好きな男の子に告白する、そんな乙女の気分だ。

「じゃあそろそろ大地のところに行って寝る準備しようか」

陸が私の腰に手を添えて寝室の方に誘導しようとする。

「あ、あの……」

「ん？」

足を止めると、陸が不思議そうに私の顔を覗き込んできた。

「実はね……」

「どうかしたの？」

「り、陸にプレゼントがあるの」

パジャマの生地をギュッと握りしめながら、必死に声を絞り出した。

「え？　うれしいな。なにかな？」

陸の高揚した声が届き、おずおずと顔を上げる。

「プレゼントは……わ、たし……」

ゆっくりとパジャマのボタンを上から外していくと、肩から滑らせた上着が床の上にはらりと落ちた。

「み、く？」

次の瞬間、陸が困惑の表情を浮かべているように見え、瞬時に腕で上半身を隠してうつむく。

「……これは、もう……困ったな」

頭上から降ってきた言葉にドクンと心臓が打ち鳴り、とっさにパジャマの上着を拾い上げ肩にかけて身体を覆った。

「なんちゃって。冗談だよ、冗談。私、先に大地のところに行って寝るね」

気まずくなるのが嫌で、さらっと流してしまおうと口角を上げ笑ってみる。そして、背を向けて歩き出そうとしたその刹那。

「待って。そういう意味じゃないんだ」

慌てたような声が耳に届き、後方から包みこむように抱きしめられた。

「美玖のプレゼントがうれしくて……俺の理性が保てなそうで困ったっていう意味」

「え？」

思いもしなかった回答に驚き、ゆっくりと首を回して陸を見上げた。

「こんなにもかわいいプレゼントに舞い上がらないはずがないよ」

彼が私の身体を自分の方に向かせ、やわらかく口元を弓なりにする。

「俺、ここしばらく美玖に触れるのを我慢してたんだ」

「そうだったの？」

「うん。触れたら我慢できなくなるのが目に見えて。旅行前に夜更かしして美玖の体調が崩れてしまったら……とか考えたりしてさ。せめて明日が終わるまでは自粛しようと……」

「明日ってなにがあるの？」

思わぬ形で陸の思いを知り心のもやもやが溶けていく。それと同時に彼が言う〝明日〟になにがあるのだろうと素朴な疑問を口にした。

「それは……明日になったらすべて話すから今日はなにも考えないで、俺を見て、俺だけに溺れていてくれる？　ごめん、もう本当に理性が保てそうにない」

熱情を孕んだ瞳が向けられ、陸がそっと私の頬に触れた。

ドキドキと心音を高鳴らせながら静かにコクンと頷くと、すぐに唇に甘いキスが降ってきて抱き上げられた。

そのまま連れて行かれたのは、大地が寝ているベッドルームとは別の部屋で、彼は中央にある大きなキングベッドの上に私を優しく下ろし口元に笑みを湛える。

「本当に最高のプレゼントだよ」

「そんなにまじまじと見ないで」

こんな格好を自分からしておいて、矛盾した発言をしているのは分かっている。でも、情熱的な瞳を向けられるだけで身体の内が疼いてどうにもならないのだ。

「もっとキスして……」

「ああ、もちろん」

再び唇が重なり、ふたりの身体が白いシーツの海に沈んだ。

「これは本当に視覚的にヤバいな」

胸元に顔を埋めると、彼は結ばれたリボン付近に舌を這わせ始め、同時に足の間に手を滑らせてきて、下着の上から敏感な部分を優しく撫で上げた。

やわらかい春風が頬を撫でていくような心地いい愛撫。

次第に激しくなるも下着の上からしか触れてくれなくて、身体の疼きが強くなるばかりだ。

「そんな物欲しそうな顔をしてどうしてほしいの？　言ってごらん」

私の心の内をすべて見透かしたように、彼が悪戯っぽく笑う。

「……陸の意地悪」

「言わなきゃ分からないよ」

「……じ、直に触れてほしい、です」

羞恥心に駆られ顔を熱くしながらおねだりすると、陸が満足げに口元を緩ませた。

「下着を脱がすのが惜しいと思っていたけど……愛《いと》しいお姫様の願いはちゃんと叶えてあげなきゃね」

彼の肩からはらりとバスローブが落ち、程よく筋肉がついた腹筋が露わになりドキッとする。

「俺を煽った責任、今からちゃんと取ってもらうから」

ニヤリと笑った陸が私の胸の中央に影を落とし、指先で器用にリボンをほどき愛撫し始めた。膨らみの先端を口に含まれ直に吸われたり転がされたりすれば、先ほどよりも鮮明な快感が走り、自然と嬌声が漏れる。

「美玖の身体は本当に素直だね。もっと気持ちよくなれるように、こっちもちゃんとかわいがってあげるからね」

私の反応を見て陸がほんのりと口元に笑みを湛える。今度は私の身体の下方に視線を向け、ショーツの両端に結ばれていたリボンを唇で咥《くわ》えほどき、露わになったそこに静かに顔を埋めたのが見えた。

「ひゃっ……ん、ああっ……」

舌と指で同時に攻め立てられると、痺れるような感覚が湧き上がってきて思わず背中をのけ反らせる。

「陸っ……そこ、ダメ。そんなに……激しくされたら……んんっ」

繰り返される愛撫に、いつの間にか太ももを伝うほどの蜜が零れ落ちていく。

そして、彼の熱く反り立ったものがそこに当てられると、小さく身体を震わせた。

「美玖、挿れるよ」

熟した果実のようにすでにとろとろになっていたそこは、いとも簡単に彼のソレを呑み込み、繋がっている部分からは淫らな旋律が奏でられる。

「……あ、ああっ！」

昂り熱を持ったソレで容赦なく最奥を打ち付けられ、すぐにでも絶頂に達してしまいそうでギュッとシーツを掴むと、そこに大きな掌が重ねられた。

「美玖っ……」

一層激しくなる律動の中、ふいに名前を呼ばれ見上げると、余裕をなくした艶っぽい彼の顔があって、この濃密な時間に終わりが近づいていることを悟る。

浮気かも？　なんて不安になったこともあったけれど。

尊い熱に包まれれば、それをすべて忘れるくらいに愛されていることを実感する。

私たちの心は、これからどんな試練が訪れようとも絶対に離れないと思え、繋がれた指先にギュッと力を込めた。

番外編　不器用な最愛サプライズ

美玖と濃密な夜を過ごした昨夜。

まさかの彼女からのプレゼントに舞い上がり、すっかり理性をすっ飛ばしてしまった俺は、明け方近くまで何度も愛を確かめ合った。

最高のコンディションで今日という日を迎えさせてあげたかったが、あんなにもかわいい彼女の姿を見て我慢ができるほど、俺はできた人間ではない。

せめて少しでも長く睡眠が取れるように彼女を起こさず、静かにベッドを出て大地を起こしに別のベッドルームへと向かい、着替えをさせ今に至る。

「パパ、このめんめんおいしい。こっちのおにくも、やわらかーい」

隣に座る大地が、満足げにふっくらとした頬を緩ませる。

「これは沖縄の代表的な料理でソーキそばって言うんだよ。で、こっちのお肉はラフテー」

「そうきそば、おいしい！　らふてーも。もっとたべたい！」

昨日、早く寝た大地は朝から元気いっぱいだ。

頭上を見上げれば雲ひとつない真っ青な空が広がり、頬を潮風が撫でていく。テラス席で大地と朝食を取りながら穏やかな時を過ごしていた。

ひととおり食事を済ませた大地が、なぜかテーブルの上に新しい食器を並べ出したことに気づき、これはどうしたものかと黙って息子の様子を窺う。

「ママにもおいしいごはん、たべてほしい。それとって」

そういうことかと納得しながら、大地が指さすトングを小さな手に持たせた。

「パパ、ありがとう」

大地が慎重にトングでおかずを掴み、ママのために用意した皿に盛りつけていく。

一生懸命な息子の姿を見て自然と頬を緩ませながらじっと見守っていた。

「できたからママ、おこしてくる」

しばらくすると、大地はせかせかと美玖が眠るベッドルームへと向かっていった。

「ママ〜、みて。だいちが、ママのごはん、もったの」

それから少しして、大地がバスローブ姿の美玖の手を引き、こちらに戻ってきた。

「わぁ、うれしいな。ありがとうね。上手に盛りつけできてててすごく美味しそう」

美玖が愛おしげに大地の頭に触れると、息子はどや顔して大好きな母を見つめる。

「ママ、なにのみますか?」

大地が空のグラスを手に持ち、美玖に問いかける。

「ではオレンジジュースをお願いします」

「はーい。おまちくだしゃいませ～」

突如、お店屋さんごっごを始めた大地に、彼女は付き合ってあげていてオレンジジュースを注ぎに行った我が子の後ろ姿を優しく見守っている。

「寝坊しちゃってごめんね。今日の予定すでに押してたりするよね？」

しばらく息子に注がれていた瞳がこちらを向く。

「いいや。気にしないで。それよりも俺の方こそ、昨日は理性を保てなくて明け方まですまなかった。身体辛くないか？」

「大丈夫だよ。昨日の夜はすごく陸の想いを感じてうれしかったし、今もすごく幸せな気分なの」

穏やかな笑みを浮かべる彼女が、そっと俺の手に自身の手を重ねてきた。

「俺もとても幸せな気分だよ。きっと大地はきょうだいができたら過保護に世話するに違いないね」

「うん。きっと過保護なところは陸に似たんだね」

オレンジジュースの入ったグラスを慎重にこちらに持ってこようと頑張る大地に美

玖が温かいまなざしを向ける。

「もしかしたら、きょうだいができるのもそんなに遠い未来ではないかも」

「ん？」

意味深な発言の意図が分からず首を傾げていると、やわらかな笑みを口元に湛える彼女と視線が交わった。

「昨日たくさん愛し合ったから、もしかしたらコウノトリがいい知らせをくれるかもしれないでしょう？」

「そうなったらうれしいね」

そういうことか、と静かに心の中で納得し、重なる手を再び強く握り返しながら頬を緩ませた。

「待たせてごめんね。準備できたからそろそろ行く？」

支度を終えた美玖がベッドルームの窓から顔を出し、テラスにいた俺たちに声をかけてきたので、大地と一緒に彼女のもとに向かった。

「今日も俺の妻は世界一かわいいな」

淡いイエローのロングワンピース姿の美玖を見て、口元を綻ばせながらそっと腰に手を回す。

「いきなりどうしたの？」

美玖が頬を少し赤らめながら俺の顔を見上げたそのとき。

部屋のインターホンが鳴り、俺の心音は高鳴りを見せていく。

「美玖、ちょっと出てもらえないかな？」

「うん、いいよ」

それでも平静を装って彼女を玄関ドアに向かわせた。

「これなにかな？　荷物が届いたみたいだけど……」

しばらくすると、美玖が長方形の大きな箱を抱えてこちらに戻ってきた。

「それは俺から美玖へのちょっとしたプレゼントだよ」

「え？」

彼女が目を丸くしてこちらを見る。

「開けてみて」

美玖が頷きテーブルの上に箱を置く。

包装紙を解き出すと、大地がそちらの方へと駆け寄っていき、興味津々な様相で見つめ出した。

「嘘……これって……」

中身を見て美玖はすぐに気づいたようで、両手で口元を覆いながら驚いた表情をこちらに向けてきた。

「そのドレス、本当は式で着たかったんだよね？」

「どうして分かったの？」

美玖が純白のドレスにそっと手を伸ばし俺に尋ねてくる。

「衣装選びのあの日、実はすぐに俺のフィッティングは終わって。こっそり美玖の様子を窺いにいったんだ。そしたら純白のドレスを着て、鏡の前で目を輝かせている美玖を見た」

「そうだったんだ……」

美玖は申し訳なさそうに目を泳がせながら、ドレスを覗き込む大地の頭を撫でた。

あの日、美玖の思いを知った俺は、美玖にさりげなく家に戻ってから聞いたけれど、彼女は気を遣ってかドレスのことを口にはしなかった。そのことがずっと気になっていたのだ。

「きっと君はうちの両親の意向を汲《く》んでなにも言わずにいてくれていたんだろうけれど、俺からしたらそれが申し訳なく思ったし、どうしても美玖の夢を叶えたくてこの旅行までにドレスを作ってプレゼントしようと思ったんだ」

「え？　このドレス作ったの？」

彼女が再び目を見開きながらドレスに視線を落とす。

「ああ。実はあのドレスはちょうど予約が入っていて確保できなくてね。だからこの数か月、いちから制作してくれるデザイナーさんを捜したり打ち合わせをしたりしてた。そのせいで家のことがおざなりになっていたことは、本当に申し訳なく思ってる」

彼女がなにかを思い出したように、ハッとした表情を浮かべ瞬きを繰り返す。

「だからここ数か月帰りが遅かったり、ずっとスマホを気にしてたの？」

「やっぱり挙動不審だったよね。一生懸命、平静を装っていたつもりだったけど……やっぱり俺は不器用だね」

思わず天を仰ぐと、美玖がこちらに向かってきて俺の手を取った。

「一生懸命な陸の気持ちがすごくうれしい。ありがとう」

彼女の目尻からほろりと大粒の涙が零れ落ちていくのが見え、頬に手を伸ばす。

「今からドレス着て写真を撮るのに目が腫れちゃうよ」

「だってすごく幸せで……」

こんなにも愛する人が喜んでくれると、不器用なのもさほど悪くないなと思えてくる。

「ママ、どうしてないてるの？」

大地がトコトコとこちらに向かってきて俺たちを見上げる。

「ママはパパの気持ちがうれしくて泣いてるの」

涙を拭いながら美玖がしゃがみこみ説明するが、大地はきょとんとした表情を浮かべ首を傾げる。

「うれしいのになくの？」

「うん。まだ理解することが難しいかもしれないけれど、きっともっと大きくなったら大地にも分かるときが来るよ。人はね、悲しいときだけじゃなくてうれしいときにも涙を流すんだって」

美玖が頭を撫でながら優しく諭すと、大地は大好きなママの言葉を噛みしめるように強く頷いてみせた。

「とても綺麗だよ」

「ママ、プリンセスみたーい」

純白のウエディングドレスを身に纏った美玖が俺たちの前に現れると、春のひだまりが訪れたように俺の心は温かな陽気に包まれた。

Ａラインシルエットのウエディングドレス。胸元から胴にかけてきらきらと細かなビジューが光り輝き、スカート部分はアシンメトリーになっていてレースとチュールがふんだんに使われている、まさに彼女のやわらかい雰囲気に合ったドレスだ。

またふんわりとシニヨンスタイルに編み込まれた髪の上にはシンプルなティアラが光り、レースの繊細なロングベールが彼女の美しさを一層引き立てている。胸元と耳たぶを飾るパールのアクセサリーもとても上品だ。

白無垢の彼女もとても美しかったが、それとはまた違う彼女の魅力に俺の心は陥落寸前だ。

「陸と大地もとっても素敵。惚《ほ》れ惚《ぼ》れするほどにカッコいい」

美玖の瞳が大地と俺を行き来する。

実は俺も美玖のドレスに合わせ、白のタキシードを着用している。大地は沖縄の雰囲気に合わせて半そでの淡い水色のシャツに白のハーフパンツという、清涼感漂う服装だ。

しばらく談笑していると、カメラマンさんとアテンドさんがやって来て、ヴィラ横にある本館の中で撮影を始めた。

ビクトリア朝時代を思わせる素敵な内装の館内には、絵になる場所がたくさんあり、カメラマンさんの指示のもと三人でポーズを取っては、シャッター音がひっきりなしに聞こえてくる。

「大地くん、カッコいいな。その笑顔いいね」

「いひひ」

大地はカメラマンさんにうまくおだてられてすこぶる機嫌がいい。しまいには調子に乗って自分であれこれとポーズを取り出して、その茶目っ気たっぷりの姿に現場には笑いがあふれていた。

頬を爽やかな潮風が撫でていき、きめ細かな白浜のプライベートビーチの先にはエメラルドグリーンの海が広がる。

ここは俺がふたりに一番見せたかった場所だ。

今は美玖とふたりの撮影が始まったところで、大地は少し離れた岩場でスタッフさんとおしゃべりをしながら、魚や貝の探索に夢中になっている。

「ママ～、きれいなかいがらがあったよ」

大地のはしゃぐ声が砂浜に響き渡り、こちらに向かって手を振ってくる。

女神のように美しい美玖が目を細め、ベールを潮風にそよそよと靡《なび》かせながら息子に向かって手を振り返した。

撮影も終わりに近づく。

俺は今、この瞬間を。そして、彼女の美しさを。

鮮明に目に焼き付けようと、彼女の顔をじっと見つめる。

「なんか顔についてる?」

俺のまなざしに気づいた美玖が、不思議そうに俺の顔を見上げてきた。

「あまりに美しいから見惚れてたんだ」

「陸ってば大げさだよ」

美玖が頬をほんのりピンクに染めながら恥ずかしそうに手に持つプルメリアのブーケで顔を隠すと、ブーケから漂う甘い香りが鼻を掠めた。

「美玖と大地がいない人生なんてもう考えられないよ。愛してる」

「私も陸のこと……愛してる」

宙で視線が絡まり、自然と距離が近づく。

永遠の誓いを込めて彼女の唇に深く口づけを落とすと、俺たちを祝福してくれているかのように華麗なベールが舞い上がった。

「パパ～！　ママ～！」

かわいらしい声が届き、意識がそちらに向く。

そこには満面の笑みを浮かべる大地の姿があった。手を振るとこちらに駆けてくるのが見え、自然としゃがみこみ小さな身体を受け止める。

「大地はかけっこが速いな。運動会が楽しみだ」

腕に抱き上げて立ち上がり頬を擂《す》り寄せると、キャッキャッと声を出して大地が笑う。

「パパだいすき！」

愛する息子にそんなご褒美みたいなことを言われると、破顔せずにはいられない。

「それはうれしいな。パパも大地とママのことを世界一愛してるよ」

「だいちも、あいちてる～」

天真爛漫で素直な息子は俺たちの宝物。この子が道に迷ったときは温かく手を差し伸べてあげられるような父親でいたいと強く思う。

この先の彼の未来が光り輝くものでありますように。

そう願いながら、大地の額に優しくキスを落とし空高く抱き上げた。

END

参考文献

旬報法律事務所『労働事件の基本と実務：紛争類型別手続と事件処理の流れ、書式（明日、相談を受けても大丈夫！）』日本加除出版、二〇二〇
医療問題弁護団『「医療事故」実務入門：患者側弁護士の視点から（弁護士実務入門シリーズ）』司法協会、二〇二四

あとがき

こんにちは。結城《ゆうき》ひなたです。マーマレード文庫様では二冊目となる『引き離されたけれど、再会したエリート弁護士は幼なじみと天使に燃え滾る熱情を注ぎ込む』をお手に取っていただき、誠にありがとうございます。

今作は私にとって初めての全編書き下ろし作品となります。書き下ろし作品にすごく憧れがあったので、このような貴重な機会を与えてくださったマーマレード文庫様、今回も親身になって寄り添ってくださった頼もしい担当様、素敵なカバーデザインを考えてくださったデザイナー様、この作品に携わってくださりましたすべての皆様に心から感謝申し上げます。

今回も、大好きなサスペンスを思う存分描くことができて幸せでした。とにかく一途で独占欲かなり高めで、いろいろとこじらせまくっていたヒーロー・陸でしたが、楽しんでいただけましたでしょうか？　ハイスペックだけど、美玖のことになるとかなり不器用で空回りしちゃう、そのギャップが個人的にツボです。いつか弟の蓮メインのお話も書いてみたいと日々妄想を膨らませております。

そして、今作のカバーイラストを担当してくださった唯奈《ゆいな》先生。お忙しいなかお引き受けくださり、心より感謝申し上げます。ネモフィラの可憐さ、そして美しさと可愛さが大渋滞した素晴らしいイラストは私の宝物です。

改稿中、美しいヒーローと目が合う度にドキドキを注入してもらい、可愛いヒロインと息子くんに癒やされながら最後まで書き切ることができました。本当にありがとうございました！

また応援してくださる皆様。皆様のおかげで今回二冊目の刊行ができたと思っております。温かいご感想や励ましをいつもありがとうございます。これからも楽しんでいただける作品を生み出せるよう、チャレンジ精神を忘れずに日々努力していきたいと思います。

最後になりましたが、この本を読んでくださったあなたに最大級の感謝を。

この本が、少しでも皆様のときめきや癒やしの時間となっていれば嬉しいです。

それではまたどこかでお会いできることを願って。

結城ひなた

マーマレード文庫

引き離されたけれど、再会したエリート弁護士は
幼なじみと天使に燃え滾る熱情を注ぎ込む

2024年4月15日　第1刷発行　定価はカバーに表示してあります

著者　結城ひなた　©HINATA YUKI 2024
発行人　鈴木幸辰
発行所　株式会社ハーパーコリンズ・ジャパン
東京都千代田区大手町1-5-1
電話　04-2951-2000（注文）
0570-008091（読者サービス係）
印刷・製本　中央精版印刷株式会社

Printed in Japan ©K.K. HarperCollins Japan 2024
ISBN-978-4-596-77592-4

m a r m a l a d e b u n k o